小精靈的世界

當孩子不愛讀書……

編輯序

慈濟傳播文化志業出版部

親師座談會上，一位媽媽感嘆說：「我的孩子其實很聰明，就是不愛讀書，不知道該怎麼辦才好？」另一位媽媽立刻附和，「就是呀！明明玩遊戲時生龍活虎，一叫他讀書就兩眼無神，迷迷糊糊。」

「孩子不愛讀書」，似乎成為許多為人父母者心裡的痛，尤其看到孩子的學業成績落入末段班時，父母更是心急如焚，亟盼速速求得「能讓孩子愛讀書」的錦囊。

當然，讀書不只是為了狹隘的學業成績；而是因為，小朋友若是喜歡閱讀，可以從書本中接觸到更廣闊及多姿多采的世界。

問題是：家長該如何讓小朋友喜歡閱讀呢？

專家告訴我們：孩子最早的學習場所是「家庭」。家庭成員的一言一行，尤其是父母的觀念、態度和作為，就是孩子學習的典範，深深影響孩子的習慣和人格。

因此，當父母抱怨孩子不愛讀書時，是否想過——

「我愛讀書、常讀書嗎？」

「我的家庭有良好的讀書氣氛嗎？」

「我常陪孩子讀書、為孩子講故事嗎？」

雖然讀書是孩子自己的事，但是，要培養孩子的閱讀習慣，並不是將書丟給孩子就行。書沒有界限，大人首先要做好榜樣，陪伴孩子讀書，營造良好的讀書氛圍；而且必須先從他最喜歡的書開始閱讀，才能激發孩子的讀書興趣。

根據研究，最受小朋友喜愛的書，就是「故事書」。而且，孩子需要聽過一千個故事後，才能學會自己看書；換句話說，孩子在上學後才開始閱讀便已嫌遲。

美國前總統柯林頓和夫人希拉蕊，每天在孩子睡覺前，一定會輪流摟著孩子，為孩子讀故事，享受親子一起讀書的樂趣。他們說，他們從小就聽父母說故事、讀故事，那些故事不但有趣，而且很有意義；所以，他們從故事裡得到許多啟發。

希拉蕊更進而發起一項全國性的運動，呼籲全美的小兒科醫生，在給兒童的處方中，建議父母「每天為孩子讀故事」。

為了孩子能夠健康、快樂成長，世界上許多國家領袖，也都熱中於「為孩子說故事」。

其實，自有人類語言產生後，就有「故事」流傳，述說著人類的經驗和歷史。

故事反映生活，提供無限的思考空間；對於生活經驗有限的小朋友而言，通過故事可以豐富他們的生活體驗。一則一則故事的累積就是生活智慧的累積，可以幫助孩子對生活經驗進行整理和反省。

透過他人及不同世界的故事，還可以幫助孩子瞭解自己、瞭解世界以及個人與世界之間的關係，更進一步去思索「我是誰」以及生命中各種事物的意義所在。

所以，有故事伴隨長大的孩子，想像力豐富，親子關係良好，比較懂得獨立思考，不易受外在環境的不良影響。

許許多多例證和科學研究，都肯定故事對於孩子的心智成長、語言發展和人際關係，具有既深且廣的正面影響。

為了讓現代的父母，在忙碌之餘，也能夠輕鬆與孩子們分享故事，我們特別編撰了「故事home」一系列有意義的小故事；其中有生活的真實故事，也有寓言故事；有感性，也有知性。預計每兩個月出版一本，希望孩子們能夠藉著聆聽父母的分享或自己閱讀，感受不同的生命經驗。

從現在開始，只要您堅持每天不管多忙，都要撥出十五分鐘，摟著孩子，為孩子讀一個故事，或是和孩子一起閱讀、一起討論，孩子就會不知不覺走入書的世界，探索書中的寶藏。

親愛的家長，孩子的成長不能等待；在孩子的生命成長歷程中，如果有某一階段，父母來不及參與，它將永遠留白，造成人生的些許遺憾——這決不是您所樂見的。

作者序

零歲到八十八歲閱讀的故事

◎傅林統

自從當起小學老師，我就跟「說故事」結下深厚的緣分。為了使學生書讀得有趣、讀得輕鬆，我盡力把功課故事化，也時常穿插故事，引起學習興趣。這一招果然很有效，陪著我走過數十年愉快的教師生活，一路從「說故事老師」升級到「說故事校長」，現在更高陞「說故事爺爺」，好不愜意！

這本童話集收錄我說過及發表過的一些作品，分為第一輯「小精靈的世界」與第二輯「星星說的故事」。

「小精靈的世界」是依據兒童的心理加以想像而產生的「創作童話」。

在兒童們的眼光裡，森羅萬象皆有生命，花團錦簇裡有小仙女，枝葉交錯裡隱藏著小精靈，雲霧飄渺裡有神仙。兒童們喜愛一切眾生，尤其是可愛的動物；於是，動物的擬人化故事強烈的吸引著他們，使得「小精靈的世界」通向了「鳥言獸語的世界」。

兒童是天生的詩人，充滿浪漫的文學藝術氣質，他們永遠都喜歡「小精靈的世界」，在這裡盡情馳騁，讓想像的翅膀自由飛翔，充分吸取啟發創意的珍貴營養。

「星星說的故事」則是台灣民間故事的「再創作」。加拿大兒童文學家李利安・史密斯（Lillian H. Smith）說：「除了民間故事之外，要找到另一種比它更能吸引兒童閱讀興趣的東西是很難了！」因為這是人類代代相傳的

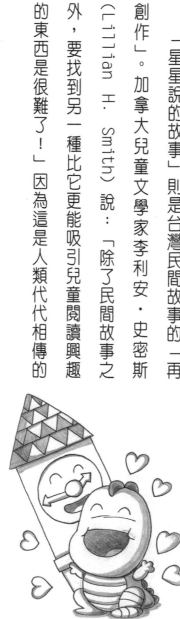

智慧，它含蘊著產生它的那塊土地的文學特徵，從那兒我們可以感覺那個民族所憧憬的愛情和關懷的事物，以及生活的態度與創造思考的精神。

我們如果想更具體、更深一層的瞭解寶島台灣的人、事、物，尤其是從祖先那兒繼承了怎樣的性格和觀念、憧憬著什麼、嚮往著什麼，那就讀一讀「台灣民間故事」吧！或許大家擔心民間故事古老、陳腐、乏味，請放心，我已經費了一番功夫，一方面細緻的保存祖先的啟示，一方面注入現代新奇的「幻想趣味」，等待您快樂的賞味呢！

很多童話作家都說：「我的作品是給零歲到八十八歲的人閱讀的！」那就是說，作者一方面賦與童話活潑的童趣，但也企圖給童話多層次的內涵；兒童看熱鬧，少年體會涵義，大人則能賞析技巧和思想。因此，著名的法國文學家保羅．亞哲爾（Paul Hazard）說：「童話是美麗的水鏡，清澈而深不可測，也隱藏著不可思議的神祕。」

童話固然是給兒童閱讀的，但導讀還是很重要。跟兒童們輕鬆對話，談一談故事的主旨、想像、結構、感觸，像這樣親子、師生，共享童話，不僅其樂融融，幸福瀰漫，而且也能帶領兒童更上一層樓，進入更好的閱讀境界呢！

目錄

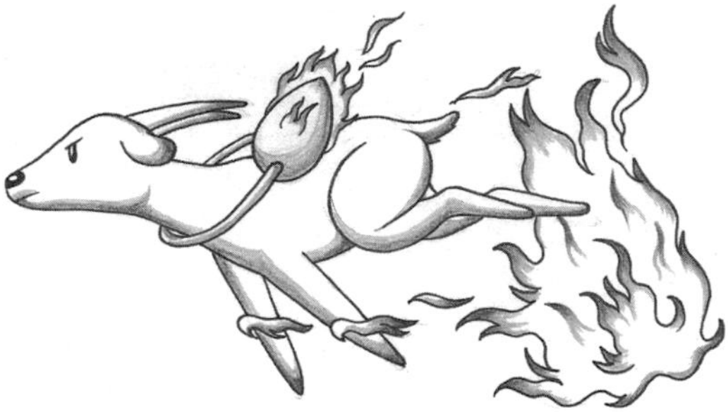

第二輯　星星說的故事

可愛的小精靈

小精靈的爸爸是威武的山神，媽媽是溫柔的水神。小精靈的家是蔥鬱的樹林，玩伴是翩翩飛舞的蝴蝶、囀鳴枝頭的鳥兒，還有在草地上蹦蹦跳跳的小兔子、一溜煙就不見的松鼠，還有……很多很多的朋友。可是，小精靈總是覺得少了一位好朋友，他很想到村莊裡，找人類的小朋友一起玩呢！

有一天，小精靈悄悄的混進五個在院子裡玩的小朋友裡，一起拉起手圍圈圈，一起唱歌跳舞，一起玩跳格子，一

可愛的小精靈

起踩高蹺，玩得熱烘烘的；奇怪的是，小朋友們都沒發覺多了一個小精靈。因爲小精靈是隱身的，這隱身就是小精靈的保護色；就像他的很多動物朋友有紅綠藍褐等、或是會隨時隨地變化的顏色一樣，小精靈的保護色是看不見的「空色」，而且還會隨時「轉色」呢！

大家玩著玩著，玩到小水池旁邊來了；池水平靜明亮，像極了一面鏡子，小朋友們都蹲在池畔照起鏡子。小精靈有「空色」隱身，但水神媽媽的眼睛是放不開兒子的，因此他的樣子就映在水面了。

「一、二、三、四、五、六！」有小朋友算一下人數。

「奇怪？我們不是只有五個人嗎？怎麼池裡映出了六個？」

「有鬼！」

「怎麼會是鬼？池裡的每個面孔都是那麼可愛！尤

其是多出來的那個，不是格外可愛嗎？」

「眞的耶，比我們可愛多了！像是小精靈！」

「一定是眞的小精靈吧！」

「我們緊緊的圍住他，留他下來當我們永遠的朋友！」

小朋友嘩啦一聲，手牽手圍成圈圈了，小精靈嚇得拔腿就跑；因爲，他雖然喜歡小朋友，但究竟不是人類啊！還好，一離開水面，小精靈便又隱身了。

小精靈跑呀跑，飛也似的回到茂密的山林去了，小朋友們追不上，也看不見他；只覺得小精靈像一陣風，吹向遠遠的山谷，然後什麼都不見了。

小朋友們很失望，更是捨不得，就在後面大聲喊叫：「回來！回來！回來一起玩吧，親愛的朋友！」

小精靈也很捨不得，可是山神爸爸和水神媽媽看住他，再也不讓他跑到村莊去。小精靈只好回音說：「回來！回來！回來一起玩吧，親愛的朋友！」

直到現在，當小朋友們來到山裡，就會覺得小精靈隱身在神祕的山谷，只要一聲喊叫，就立刻有親切的回音。

給小朋友的貼心話

小朋友，當你在山裡呼喊時，是不是會有「回音」呢？這回音是不是會勾起你奇妙的想像？當想像的翅膀展翼翱翔，你就會更聰明、更有創意了！

草原上的舞蹈學校

小白兔是天生的舞蹈家，大草原是她的舞台，枝頭上的黃鶯、畫眉、翠鳥，池畔的青蛙、草叢裡的蟋蟀，都是爲她伴奏的小小音樂家，蝴蝶更是她的最佳舞伴。

當小白兔穿上緊身的潔白舞衣，跳起芭蕾，一隻隻花蝶也隨著翩翩起舞，在綠色的草原呈現活潑又如行雲流水的曼妙畫面，誰不喜歡這美麗的天才舞蹈家！

小山羊情不自禁的向小白兔學舞，小梅花鹿更是熱情參

與，土撥鼠也鑽出地面隨之舞動；小白兔的學生愈來愈多，草原上的動物親密的成爲一家人，快樂和幸福瀰漫在大草原。

只有白天睡覺、夜幕低垂才起床的貓頭鷹，從來不知道舞會的盛況。有一天黃昏，他偶然的提前醒了，才看到這歡樂的場面，好不羨慕！

「如果我也學會跳舞，就能夠跟大夥兒一起享受無比的快樂了！可是，不知道白兔老師願不願意收我這『夜貓子』當學生？何況我們還是另類動物！」

一個滿月的夜晚，這隻發願學舞的貓頭鷹，一改從前的凶惡模樣，看見邊舞邊靠近他的小白兔，不但不再張牙舞爪，而且還恭敬的行禮說：「草原上的天才舞蹈家，請妳也教我好嗎？」

小白兔立刻答應了，而且當場就教起基本步法。雖然貓頭鷹笨手笨腳，但小白兔卻很有耐心，親切的、熱心的教著，讓天上的月亮都看得十分感動，散發更皎潔的銀色光芒，照耀草原的舞場。

第二天，動物們議論紛紛。山羊首先發言說：「那貓不像貓、鳥不像鳥、看起來陰險凶惡的傢伙，怎麼可以變成我們的同學！」

梅花鹿也說：「對！我們應該向白兔老師建議，馬上開除貓頭鷹的學籍。」

貓頭鷹聽了很難過，爲自己愛好狩獵小動物的事，感到慚愧得無地自容；他垂頭喪氣的退縮

在樹叢裡，一副欲哭無淚的可憐模樣。

森林的小精靈很同情貓頭鷹，便告訴他說：「你怎麼不學學啄木鳥，充當森林的醫生呢？」

「喔！對了！我有的是敏銳的視力和聽力，還有新型的聽筒、透視鏡，可以藉此找出隱形的害蟲，還給森林健康。妙！你的建議眞是一舉兩得啊！」

於是，貓頭鷹就虛心的向小精靈請益，變成博學多聞、耳聰目明的森林醫生了。不過，那時大家正忙著準備期待已久的月光舞會，也就暫時忘了貓頭鷹的事。

舞會當晚，月光格外明亮，秋風特別涼爽，動物們如癡如醉的在既乾淨又洋溢花香的草原上舞著、跳著。

「咦？這些日子花兒開得格外清香哩！」

「那是因爲花草樹木都變得健康了，森林的醫生好勤快呢！」

「聽說來了一位比啄木鳥更高明的醫生呢！」

貓頭鷹聽著草原上的舞者們說的話，心裡好安慰！

這時候，兇狠的野狼卻在一旁悄悄的窺視著，找機會要對沒有戒備的草食動物們，展開一次大狩獵。

越是夜深，眼睛就越銳利的貓頭鷹，看到了狼群鬼鬼祟祟的形跡，趕緊向小白兔老師告急；在野狼還來不及下手之

前，草原上的舞者就獲得警告，迅速的躲藏起來。躲過了一場災難，大家才深深感嘆：「小白兔老師眞有眼光，收了貓頭鷹當學生，潛移默化，讓他改變行爲，也給他立了大功的機會。對我們而言眞是太棒了！」

貓頭鷹聽了則暗暗的自言自語：「感謝白兔老師，更感謝暗中啓發我的森林小精靈啊！」

給小朋友的貼心話

小朋友，本來不受歡迎的貓頭鷹，後來爲什麼能夠獲得草原上的動物們接納？

這都是因爲他改掉了原本不好的習性，並且發揮本領幫助了大家。小朋友們也要改善自己不好的習慣，和氣的和大家相處，才能交到好朋友呵！

你說，誰最大？

小象胖胖和小河馬嘟嘟，在溫暖的湖畔，晒著和煦的陽光聊天。

胖胖吸了一鼻子水，向頭上的太陽噴出，然後望著美麗的彩虹得意的說：「我們象族最了不起了！

長得又大又壯，還能做出彩虹哩！」

嘟嘟不服氣的說：「我長大了比大象還大！會泅水，會潛水，嘴巴一張開，大得能吞得下大象！」

「哼！你胡扯！敢說吞得下大象，到時後一定會卡在喉嚨的！」

胖胖和嘟嘟就這麼你一言、我一語，比著誰大、誰

厲害。這時候，鸚鵡巴巴拉飛了過來，停在樹上說：「喂！你們吵什麼呀！爭得面紅耳赤的，多難看！」胖胖和嘟嘟就請巴巴拉評評理；巴巴拉說：「你們都不算大，也不算厲害。」

「那麼，最大的是誰呢？」

「是誰？我也沒有看過！」

「那妳怎麼知道有那樣的東西？」

「是聽我的主人說的。那時候我被關在籠子裡，擱在客廳角落；主人和客人喝著咖啡談天，說話聲愈來愈大，原來是在爭辯什麼東西最大。我的主人說，最大的就是人心。」

你說，誰最大？

那客人默默的想了想，也點點頭贊同說：「眞是人心最大，吞得下海洋、地球，甚至宇宙。」

主人說：「人心一轉念，可以到千萬年以前、億萬年以後；人心的幻想，可以飛越千山萬水，甚至到達宇宙的盡頭。」

巴巴拉又說：「人心不知長得怎樣？不過，我相信他是最大的動物，吞下大象、大河馬都不會卡在喉嚨。」

胖胖和嘟嘟聽了，怕得直發抖，異口同聲的說：「希望人心是善良的動物，不會一張口就要吞下我們，要不然我們就糟啦！」

給小朋友的貼心話

小朋友，巴巴拉說「人心」是世界上最大的動物，你覺得有沒有道理呢？

「人心」就代表著人；由於「人心」的貪念，人類文明已經破壞了地球，還消滅了許多動物。若是「人心」失去了善念，所有的動物真的都會怕得發抖啊！

阿木的大象寵物

阿木班上玩起了「誇寶貝遊戲」，每個人都說出他的寵物寶貝，看誰的最炫、最酷、最教人羨慕！

阿水說：「我家的吉娃娃好乖呵！每當家人從外面回來，牠就衝到門口迎接；郵差送信來了，馬上過去銜回來。平時在家，如果看見誰悶悶不樂或是無聊，就會自動過去，雙腳趴在你的腿上問候，或找你玩兒，眞是又聰明又超可愛呢！」

阿明說：「那有什麼希奇！我家的狐狸狗才絕呢！只要我一吹口琴，牠就用後腳站起，活潑的跳起芭蕾舞呢！」

阿清說：「都比不上我家那隻黃金獵犬來得酷啦！牠常跟我一起哼呀哼的唱歌，是眞的在唱歌而不是狗叫呵！」

阿土聽了哈哈大笑說：「你們說的都是狗，我家的貓才帥呢！牠是眼睛大大、毛色發亮的波斯貓，本領很大，玩起毛線球才妙呢！滾呀滾的，將整個球的線都解開了，然後又滾呀滾的滾成球。」

阿輝說：「那沒什麼好自誇的啦！我家的虎皮貓，會彈跳、爬樹、走鋼索，我爸爸說牠可以上電視表演哩！」

這時，平常沉默寡言的阿木突然大聲說：「最酷的是我家的大象啦！長長的白牙、扇子一般的耳朵、柱子一般的腳，這些還不算什麼，了不起的是牠會分身！」

「哇哈哈！哇哈哈！」

「阿木啊！收斂一點兒好不好？誇張也不是這樣的誇張法！家裡養大象已經是不可思議了，還說會分身！」你一句，我一句，大家又批評又諷刺，使阿木羞得無地自容。

當然，阿木家裡沒有養大象，連其他小寵物都沒有。那麼，阿木的「大象」是什麼呢？答案是：小小的玩偶！

媽媽把別人不要的舊玩偶撿來清洗乾淨，送給阿木。「大象」是其中的一個布娃娃，十分可愛；阿木把它擱在床頭，正對著媽媽梳妝台上的鏡子。於是，床頭有大象的本尊，鏡子裡有大象的分身，陪著阿木安詳入眠。

阿木的大象寵物

大象常在阿木的夢裡出現。夢裡的大象眞的很大很大，可以讓阿木騎在背上，徜徉在非洲大森林；有時還能變成飛象，在藍天裡翱翔呢！

給小朋友的貼心話

小朋友，你覺得阿木算不算眞的有「大象」當寵物呢？

你家有養寵物嗎？你怎樣愛護牠？如果你是阿木，要怎樣表現對「寵物」的愛心？

雪國來的黑面琵鷺

黑面琵鷺巧巧，就要跟著族群離開北方的老家，勇敢的飛向南方的新家。

巧巧出生的時候，大地一片溫暖；盈盈的河水，青青的草原，遠眺蔥鬱的樹林，仰望碧藍的天空，水裡魚兒優游，地上花開蝶舞，一切都是那麼美。巧巧好喜歡這塊土地啊！

可是，秋風吹起，天氣漸冷，爸媽就告訴巧巧：「我們得吃好睡飽，攝取充分的營養，儲存體力，準備飛到我們的

新家園吧！」

「我們的新家很遠嗎？」

「好遠呵！要飛過汪洋大海哩！」

「我不去！我要留在這裡。」

「不行的！這裡快下雪了，等到冰天雪地的時候，你會凍死啊！」

「總比飛在沒地方歇息的海上好！」

「雖然旅途遙遠，但南方的台灣，那曾文溪畔搖曳的水草，正等待著歡迎我們呢！」

「我還是怕怕啊！」

爸媽說：「長輩們都會在你身邊保護你的。不要再孩子氣了，你已長大嘍！」

出發那天，雪片紛飛，巧巧感覺眞的需要暫時離開這可愛的出生地了。

千辛萬苦飛到寶島台灣上空，雖是秋天，但太陽還是那麼暖和，大地還是那麼翠綠；爸媽說：「寶島四季如春！」

巧巧的家族——幾十隻黑面琵鷺，以優美的姿勢飛翔而來，曾文溪畔翠綠的水草，果然正歡喜的迎接牠們；更有許多愛鳥人，早已架好望遠鏡等在那兒。

「呀！雪白的羽毛，像是一群白鶴！」

「牠們泡在水裡洗澡了，洗掉灰塵後顯得更潔白，像滿身覆蓋著白雪！」

「牠們大老遠的載著白雪過來，是要給我們欣賞的啊！」愛鳥人數著黑面琵鷺，有個少年驚喜的說：「呀！超過二百，比去年多呢！」

「是知道台灣的人歡迎牠們、喜愛牠們吧！」

「對！我們留下水草萋萋的溪畔，盼著牠們來！」

「牠們遠從雪花紛飛的大陸東北、華北、還有韓國來，牠們記得寶島的溫暖，也就不遠千里飛來了！」

「明年四、五月，牠們又要把春的訊息帶到北方去呢！」

「北方的小朋友，一定都在期待著牠們滿載春的溫暖回去吧！」

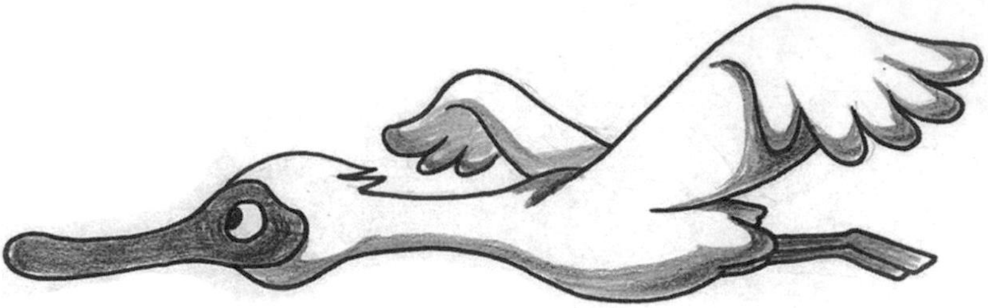

「但願牠們帶去的不僅是天地的春意，還有世間的溫情、人類的大愛。」

巧巧拍動著雪白的翅膀，遠遠的聽見了愛鳥人的話語，似乎懂了他們的情意吧！黑黑的臉和嘴喙，顯得更黑、更亮麗了。

給小朋友的貼心話

小朋友，你知道台灣的黑面琵鷺從哪兒來的嗎？候鳥來了，我們應該怎樣對待這些遠道而來的嬌客呢？我們要賞鳥、愛鳥，可別忘了準備一片乾淨美麗的水草和土地呵！

青蛙王子驚魂記

青蛙王子長得很英俊：圓滾滾的眼睛好靈活，光滑的手腳又粗又壯，寬闊的嘴巴，配合中氣十足的大肚子，唱起歌來是那麼嘹亮；尤其是披在身上的綠衣，又長又柔軟，更顯出王子的尊貴和莊嚴。

縱使全國的青蛙都讚美王子，可是王子始終對自己的長相很不滿意，他想：「在這世界上，最威風的就是人類了。人類的特徵就是兩腳直立、雙手擺動，晃呀晃的走路，多

帥、多酷！」

在河畔、在草原、在泥地，青蛙王子都跳躍自如；下了水，他的招牌蛙泳，更是姿態優美、速度驚人。而王子最值得誇耀的，應該是那雙靈光的眼睛了：要說視野，比起人類的廣角照相機毫不遜色；要比視力，也不比望遠鏡差。最教人稱奇的是，他從來不必抬頭仰望藍天，只要轉動眼睛，就能自然的看見飄浮的白雲、飛過天際的雁群，還有形形色色的風箏。

王子對自己相貌的不滿以及羨慕人類的情緒，本來並不是很嚴重。可是，有一天，時常在雲端囀啼高歌的雲雀，突然俯衝下來哈哈大笑說：「王子啊！你的模樣眞像癩蛤蟆，難看死了！只是身上披著綠衣裝模作樣而已。」

王子很生氣的回嘴：「你敢笑我！眞可惡！難道你不知道有句話說，『天上有星星王子、地上有青蛙王子』嗎？都是頂尖的角色啊！」

雲雀飛上飛下，還是取笑說：

「什麼王子？四腳趴在地上還算王子？有本領就站起來像人類的王子那樣，用雙腳走路啊！」

雲雀的話眞的刺傷了青蛙王子；他本來就因爲四腳趴地而感到自卑，也一向羡慕著人類啊！

「好！雙腳走路就雙腳走路嘛！」

青蛙王子的後腿本來就粗壯無比，直直的站立是難不倒他的；可是，這麼一站，卻看不見藍天裡的雲雀了；呈現在眼前的，雖然是平常很熟悉的東西，像是草叢啊、堤岸啊、柳樹啊，但奇怪的是：柳樹斜倒了，堤岸翻筋斗了，草叢倒過來了，大地變成天空，天空反而掉在腳下了。

「這是怎麼一回事？」青蛙王子趕緊往前跑，想甩掉奇怪的景象；但是，他明明是向池塘跑，卻感到離池塘愈來愈遠。王子覺得天旋地轉，好像掉進了魔幻世界。他驚慌的恢復四腳趴地的姿勢，畏畏縮縮的環顧四周：終於恢復正常了！總算結束了他昏頭轉向的「顛倒驚魂記」。

「唉！總算有驚無險，從魔幻世界回到自己可愛的家了！千萬不能學人類那樣雙腳直立，世界會變成顛倒的苦惱世界哩！」

青蛙王子敲敲腦袋警告自己，並且向藍天裡的雲雀說：「其實最可憐的是人類啦！他們都在魔幻世界裡顛三倒四呢！」

雲雀說：「我想是吧！我剛才只是開玩笑，你可不能真的學人類的模樣啊！那是不得了的危險動作呢！」

給小朋友的貼心話

青蛙王子不想當自己，勉強學人類的樣子直立起來，結果一時間反而失去了自己的世界。

小朋友，你能不能告訴青蛙王子，怎樣才能過得安心自在呢？

想摘下月亮的貓頭鷹

黑暗的森林裡，貓頭鷹媽媽佇立在高高的枝頭，瞪大圓圓的眼睛，眺望著靜悄悄的夜景。

她想了又想：「我快要當媽媽了，要給我的小寶寶什麼東西，做爲他來到這世間的第一件禮物呢？是我小時候玩過的松果嗎？不，那太小氣了！池塘旁邊的狗尾草編製的蚱蜢嗎？不，那太俗氣了！紅珠子串成的項鍊嗎？好是好，不過不算稀奇啊！我一定要給我的小寶寶別人都沒有過的禮物。」

想摘下月亮的貓頭鷹

貓頭鷹媽媽自言自語的「嗚——嗚——」叫著，然後環視周遭，看著遠遠的森林深處，抬頭望望夜空。她的眼睛在夜晚的森林裡，顯得多麼明亮啊！她就是用這銳利的眼睛尋找最好的東西。

「喔！對了，就是那彎上弦月！我要送給我的寶寶上弦月，可以母子各坐一頭，像蹺蹺板那樣搖呀搖，也可以當飛盤丟呀丟的，這是別人都沒有的好玩意兒呢！嗯，就這麼決定了！」

這時，整座森林都在上弦月微弱的光芒裡，映出朦朦朧朧的銀白色。就要當媽媽的貓頭鷹，勾勾她的嘴喙，不停的

自個兒說著話。

打定主意的貓頭鷹媽媽說：「心動不如馬上行動！」說罷就展翅飛上天空，飛呀飛，飛得好高好高；可是，再怎麼高，她的嘴喙還是勾不著亮晶晶的上弦月。

「我就是不死心！我一定要勾到上弦月！」

貓頭鷹媽媽又飛呀飛的往上衝！高空的氣流又冷又急，貓頭鷹媽媽的翅膀快凍壞了，又快喘不過氣來，可是上弦月還是離得那麼遠。牠失望了，只好緩緩的飛回森林的枝頭歇息。

貓頭鷹媽媽覺得好渴，便拖著疲憊的身體，飛到池塘旁

邊喝水。就在她看到水面的一瞬間，不禁興奮的大叫：「呀！上弦月啊！原來池塘裡也有個上弦月，我就將你撈上來吧！」貓頭鷹媽

媽忘了口渴，立刻往水裡衝；可是，她激起一陣水花及粼粼的漣漪，水中的上弦月就破碎了！

給小朋友的貼心話

貓頭鷹媽媽爲什麼想摘下月亮？她後來在哪裡看見另一個月亮？爲什麼撈不起水中的月亮呢？

小朋友，很多現象跟「水中月」一樣是虛幻不實的，你還看過哪些呢？

小呼呼和小飄飄

小呼呼和小飄飄都是風的小精靈；可是，小呼呼是調皮的風，喜歡捉弄人，尤其是上學的孩子。

今天，他又找上排著路隊、規規矩矩走路的孩子們。他從高高的空中，呼嚕呼嚕的叫喊著飛舞下來，吹掉了其中一個小女孩的花帽子。

小女孩慌忙的離開隊伍，轉身彎腰去撿掉落在快車道上的帽子。這時，一輛疾駛的汽車擦身而過，差點兒撞倒了小

女孩。同學們目睹這驚險的一幕，不禁緊張的大叫起來，替她捏把冷汗。

小女孩嚇得面色鐵青，奔回隊伍後還不停的發抖。

「風太大了！」

「太調皮了！」

「希望風客氣點兒，不要吹掉我的帽子！」

「也不要吹亂我的頭髮！」

孩子們紛紛把帽子戴得更緊，有的女孩還按住了披在肩上的長髮，大家的神情顯得十分緊張。可是，小呼呼卻在空中調皮的又笑又舞，有時候拍一下他們的臉，有時候搖一搖

路樹的枝葉，有時候吹起地上的塵土。

不一會兒，孩子們都到了學校，一個個進入教室，打開書包，把漂漂亮亮的新書翻開來讀。跟在後面的小呼呼驚喜的叫起來：「啊！多可愛的圖畫書！我也要翻翻看！」

於是小呼呼「沙沙——沙沙——」的翻著一個女孩的書，那個女孩罵一聲：「討厭的風！」然後用雙手緊緊的壓住書。

小呼呼說：「哼！好小氣呵！」接著又去翻看一個男孩的書。那個男孩一聲不響，伸出巴掌揮打，小呼呼嚇得跑出了窗外。那個男孩緊繃著臉，很生氣的站起來，「砰！」一聲把窗子關上了。小呼呼被趕出窗外；一心想再進教室看那些漂亮的圖畫書，就「砰！砰！」的敲起了窗子，沒人理他，就生起氣來用力撞上去，卻撞上了透明的玻璃，痛得呼呼叫。

「哎喲！好痛！好痛！」小呼呼跑到操場呼嚕嚕的繞著圈子，憤怒的捲起了滾滾塵土，朝著小朋友打上空中的羽毛球還有踢著的毽子，猛力吹拂，害得小朋友們直呼：「好壞的風呀！」

這時，小飄飄從樹梢悄悄的來了，他親切的問：「小呼呼，你爲什麼發那麼大的脾氣？」

小呼呼說：「你看！教室裡的那些孩子說有多可惡就有多可惡！不讓我看圖畫書，還打我一巴掌，打不著就把我趕

出窗外，緊緊的關上門窗。」

「喔！原來是爲了這樣的事。好吧！你乖乖的跟我來！」

小飄飄帶著小呼呼到窗邊，輕輕的邁開腳步，慢慢的在那裡迴旋；教室裡的孩子們說：「風小了，開開窗子吧，要不然多悶啊！」

一扇扇的玻璃窗開了，小飄飄和小呼呼都毫不費勁的進入了教室。小呼呼學著小飄飄，踏著輕巧的舞步，伸出柔和的雙手，幫孩子們翻書，替他們搧著涼風，親切的擁抱他們。

「好柔和的微風，眞是我們的好朋友啊！歡迎跟我們在一起！」小呼呼聽了孩子親切的招呼，打從心底歡喜了起來，恍然大悟的對小飄飄說：「我以前怎麼不知道當個微風小精靈，讓小朋友們喜歡呢？」

給小朋友的貼心話

小呼呼爲什麼被小朋友排斥？小飄飄呢？同樣是「風」，哪兒不一樣？你喜歡小呼呼還是小飄飄？

小朋友，要尊重及親切、柔和的對待別人，才能跟大家成爲好朋友呵！

尋找心的巨人

竹林學園是一所很美麗的學校。在那寬闊的校園四周，矗立著一排排高大的教室，教室後有青翠而修長的桂竹，教室前是綠油油的草坪和紅紅的花圃。孩子們喜歡在竹林裡乘涼，在花草間聞聞花香，找找蝴蝶。

不過，更讓孩子們喜歡的，是那廣大的操場。操場中間擺放著籃球架、手球門；靠邊兒的地方，還有滑梯、秋千、雲梯、蹺蹺板、浪椅、旋轉椅、爬竿、單槓、沙坑等。不管誰看了，都會稱讚一聲：「眞是個孩子們喜愛的樂園！」

在這樂園裡，站得最高的是那座剛誕生不久的「水塔巨人」。他聳立在操場的東南角，驕傲的環顧學校裡的一切，得意洋洋的說：「我是這兒最高的巨人哪！就是那一幢幢龐大的教室，都比我矮一截；至於花草樹木以及秋千、爬竿等更不用說，他們比我的小腿還矮小哩！」

水塔聳聳肩，伸一伸脖子，覺得自己的頭快頂到白白的雲朵了，於是他仰起頭，哈哈大笑起來。

站在水塔旁邊的秋千，聽了那瘋狂的笑聲，就抬起他圓圓長長、又向橫生長的臉兒說：「水塔先生，你在高興什麼呢？」

「我是這兒最高的，我是最值得驕傲的，當然要高興的笑啊！」

秋千不服氣的擺動一下那長長的鐵鍊手臂說：「可惜，你雖然長得高，但還沒有個『心』哪！」

水塔一聽，生氣的反問：「你怎麼說我沒有心？」

「不管是人也好，或是我們這些操場上的建築及器材也好，都要有個心啊！如果沒有心，就算是再怎麼高大的巨人，也沒有用啊！」

「哼！你罵我！你說我沒有心，難道你知道什麼是心

嗎？」

「我知道我自己有重心、有軸心；重心使我站得穩，軸心使我的手臂擺動自如。有了這兩個心，我才能讓小朋友喜歡我啊！」

「我也有重心啊！你看，我不是站得四平八穩嗎？」

「不過，你還少一個更重要的心。」

「那是什麼心？」

「我也不知道，更說不清楚！」

「哼！你既然不知道又說不清楚，怎麼敢說我沒有那個心？」

「我就是知道你少了一個心。」

「小小的秋千啊！你自己長得矮小，忌妒我高大，才說我少了什麼心吧？我才不相信你的鬼話。」

「我們不必爭論了。你看，那邊有兩個小朋友來了，就聽聽他們怎麼說吧！」

水塔瞪大了玻璃作的大眼睛看著前面，果然有兩個小朋友手牽手走過來了；他們坐上秋千，輕輕的搖盪著並聊起天來。

那穿花衣裳的女孩說：「小俊，你最喜歡操場上的哪件東西？」

「我最喜歡旋轉椅，它轉快了就像搭飛機似的，好玩極了！」

小俊用力盪了一下秋千，然後側過臉問旁邊的女孩：「小娟，妳呢？」

「我最喜歡秋千。你看，輕輕的盪像划船，高高的盪像飛鳥，多舒服啊！」

兩個小朋友一邊哼著歌兒，一邊輕輕的盪著秋千，烏黑的頭髮就像波浪似的飄動。過了一會兒小俊又開口說：「前幾天，旋轉椅的軸心壞了，我不能去玩，好難過呵！幸虧昨天工人叔叔很快的換裝一種叫做軸承的東西，讓旋轉椅又有個會轉動的心，我才能再玩它呢！」

「對了！不管是旋轉椅也好，秋千也罷，總要有個心才行啊！」

「你看！這水塔雖然像個高大的巨人，但沒有會動的心，所以一直都不能工作。」

等那兩個小孩離開後，秋千就說：「水塔先生，你聽見了吧！小俊喜歡旋轉椅，是因爲他有個會旋轉的心；小娟喜歡我，是因爲我有個會搖擺的心。而你除了重心以外，那更重要的心在哪兒呢？」

水塔低頭不語。秋千眼看水塔不再驕傲，反而替他難過起來，就安慰他說：「你不要著急，耐心的找找看吧！總有一天會發現你的心。」

那天之後，水塔巨人不再笑了，總是默默的看著操場上的每一件器材；他發現，即使一件小小的東西，都有他有用的一顆心：籃球架的心是圓圓的，雲梯的心是方方的，滑梯的心是斜斜的，他們都跟小朋友玩在一起、歡笑在一起；只有水塔呆呆的站在一邊，不知做什麼才好。操場上那麼多蹦蹦跳跳的小朋友，就是沒有一個肯過來跟他玩兒。

水塔愈想愈傷心，自言自語的說：「我長得這樣高大有什麼用呢！少了一顆心，就不能爲大家做事了。」

水塔巨人急著要找他自己的心。白天，他仰起頭問白雲，白雲裝作沒聽見，悠然的飄走了；夜晚，他問天空的星星，星星只管眨眼，理也不理。

水塔巨人過了好多傷心的日子。有一天，從教室那邊傳來一陣歡呼聲。

「喔！好極了！水塔的心臟來了！」

「我們有自來水可用了！」

「花園的噴水池，真的會噴水了！」

一群小朋友跟在兩個工人後面，吱吱喳喳像麻雀似的說著話。工人抬著一個很重的東西，那個比較年輕的工人笑著說：「這兒的小朋友真有趣，把那水塔叫做巨人，把這個馬達叫做巨人的心臟。」

年長的工人聽了，高興的笑著說：「真有意思，我們快給巨人裝上心臟吧！它一定盼望很久了！」

不一會兒，水塔巨人的心臟轟隆轟隆的響起來了，巨人覺得全身充滿力量，頭頂上的水櫃沉甸甸的裝滿了水，他的

「血管」開始將水送到每個水龍頭去；這時，小朋友的歡呼響徹學校每個角落。

水塔巨人這才知道，自己為什麼誕生在這個世界，也知道了自己這顆心是多麼重要。

給小朋友的貼心話

水塔巨人的「心」是比喻什麼呢？找找看，你身邊的事物，是不是都有讓它們之所以有用的「心」？小朋友，你的「心」又在哪兒呢？當你知道你能如何幫助別人，你就找到了你的「心」。

鳥兒國來的小精靈

從前有個很特別的村莊，家家戶戶四周都是鳥園。各種各樣的鳥兒，不管是畫眉、黃鶯、麻雀、野鴿、喜鵲、伯勞，只要能夠和平相處，一起唱歌、跳舞，共享美好時光，給村莊帶來洋洋喜氣的，村民都歡迎；不但維護茂密的樹林，也栽植鳥兒喜愛的果樹，讓牠們能隨時採食。

有個賣寵物鳥的商人聽了這村莊愛鳥的消息，高興的到村子裡開了一家鳥店，用精緻的籠子，飼養著五花八門、羽

毛豔麗、歌聲婉轉的鳥兒。奇怪的是，一天又一天的過去，卻沒有一個顧客上門。老闆只好主動向走過店門口的行人打招呼：

「小姐，金絲雀歌聲美，姿態可愛，買一對回去吧！」

「不！我喜歡的是自由飛翔的鳥兒！」

「先生，錦鳥的羽毛美如錦繡，象徵富貴高雅，買一對好嗎？」

「不！樹林裡的野鳥才真正高貴。」

「小朋友，文鳥最乖、最貼心，買一對回去當寵物吧！」

「不！我喜歡我家竹林裡的野鴿。」

老闆作不成生意，心裡眞是煩惱。有個晚上，他躺在床上睡不著覺，自言自語的說：「再這樣下去，連飯都沒得吃啊！我之所以作不成生意，都是滿村子的野鳥害的！」

於是，老闆腦子裡就閃過了一個念頭：「趁著黑夜，野

鳥都歸巢睡覺，把牠們統統抓起來關進祕密的籠子！」

下定決心的老闆，立刻穿上黑衣，帶著網子上路。他穿梭在樹林裡，把正睡得香甜的鳥兒一一抓起來，一夜之間就抓

盡了村中所有的野鳥。

第二天早晨，家家戶戶都打開窗子，想聽聽鳥兒的歌聲、看看鳥兒的舞姿；可是，窗外卻安靜無聲。人們詫異的呼喊起來：「咦！鳥兒怎麼都不見了？」

很多人驚慌的跑出來尋找，找遍了整個村莊，也找遍了郊外的山坡、叢林、溪谷，就是找不到可愛的鳥兒！不僅看不到身影，連歌聲都聽不見了，全村大大小小都望著沒有鳥兒的樹林發呆。

這時候，鳥店老闆故意裝糊塗，好像很關切的問：

「啊！大家怎麼了？」

一位流著淚的老人告訴了他野鳥全不見的事情，並說：

「老闆啊！你一定會瞭解我們心中的悲傷吧！」

「嗯！我知道，我也是愛鳥人啊！」

「我相信這兒的人決不會做出傷害鳥兒的事，那一定是惡魔幹的！我們村裡的人都認爲，鳥兒是天神賜給我們的快樂小天使。你也是愛鳥的人，所以我願把這裡的一個傳說告訴你——」

很久以前，這裡田園荒蕪，住家不多，人人喜歡獵鳥；伯勞過境時張網捕捉，自己吃烤鳥，也擺攤子賣起烤鳥。至於黃鶯、畫眉，一抓到就關進籠子，任憑牠們悲鳴哀叫，還說是鳥鳴婉轉美妙。麻雀嘛，怕牠吃穀子，就放鞭炮嚇跑；又說野鴿味美，可當佳餚美食，更是瘋狂捕捉。那時候，鳥兒見到人就慌張飛走，野地裡根本難得見到牠們的身影。

奇怪的是，沒有鳥兒的村莊，人們都變得脾氣暴躁，動不動就生氣，到處都在吵架，顧不得種菜耕田；結果，牛兒瘦了，土地荒了，小偷、盜賊增加了。

有一天，村裡來了一位小女孩，她肩頭上停著一隻喜鵲；深藍色的羽毛、俊美的長尾巴、明亮的眼睛、小巧的嘴喙、雪白的斑點、潔白的腹胸，多可愛的鳥兒啊！喜氣洋洋的歌聲，更是迷住了村人的心。

「美麗的小女孩跟這隻可愛的小鳥，不知從哪兒來的？」

「一定是鳥兒國來的小精靈！」

這時候，小女孩突然停下腳步，回過頭詫異的問：

「咦？你怎麼知道我是鳥兒國來的小精靈？」

原來，是兩個很小很小、剛學會說話的男孩和女孩同時說出口的，因爲他們的奶奶常說小精靈的故事。

「喔！鳥兒國來的小精靈，怪不得那麼天眞可愛！」村人們都流露出驚奇的眼光，入神的注視著。

小精靈說：「我肩頭上的喜鵲就是鳥兒國來的小天使，爲你們帶來喜訊的天使。牠不但姿態美麗、歌聲清妙，而且勤於吃蟲除害；只是，你們可不能用籠子關住牠，要讓牠自由飛翔呵！」

小精靈說罷，把喜鵲托在手掌上喊著：「飛吧！小可愛！」

喜鵲展翅高飛繞了村子一圈，悠然的翱翔在藍藍的天空。這時，村人們發現，很久不見的黃鶯、畫眉也不知從哪兒飛來，停在村郊的樹林唱起美妙的歌。伯勞來了，野鴿也來了，麻雀更成群的吱吱喳喳叫個不停。

當村人們正全神注視著飛來的鳥群時，可愛的小精靈卻悄悄的不見了；不過，大家已經知道了小精靈的來意。從此以後，人人愛護鳥兒，也欣賞鳥兒，心地自然的和藹善良起來。直到現在，不知經過了多少年，鳥兒國的小精靈來過村莊的故事仍一直流傳著……

聽了故事的鳥店老闆，若有所悟的說：「對！我該把籠子裡的小鳥都野放，還給牠們自由。」

老人卻說：「這恐怕不很妥當吧！寵物鳥是屬於人們身邊的，應該讓人照顧牠們。」

其實，鳥店老闆急著要放出來的，是他偷抓起來的鳥群啊！他在誠樸莊重的老人面前，不由得深深反省：「唉！本來我也是喜歡鳥兒的，只因一心只想賺錢，竟然作出這樣傷天害理的事！我該向老人坦承認罪啊！」

老人聽了老闆的懺悔，安慰他說：「現在沒事了，我要告訴全村人，說是你找回了失蹤的鳥群，還給我們村莊真正的快樂。」

愛鳥村又充滿了鳥兒的歌聲和舞影，大家都向鳥店老闆說：「謝謝你找回了我們可愛的鳥兒，以後我們會常到你店裡買寵物鳥呵！」

想不到，善良的村民們待他這樣眞誠，還要光顧他的生意。鳥店老闆決定，要做個心地清淨、品德高尚的人。

給小朋友的貼心話

鳥兒國來的小精靈給人們帶來什麼訊息？鳥店老闆爲什麼會因此感動、悔過？

小朋友，大自然的動物帶給世界活潑的生機，愛護野生動物，世界才能顯得多采多姿呵！

智商一八〇的小獼猴

翠山的草木格外青翠，翠山的小獼猴特別快活。山的深處不但樹林茂密，而且野果很多，獼猴們隨時都可以隨意的摘取滿山遍野的百香果、野草莓、野芒果，還有山蕉、山芋，吃都吃不完呢！

儘管深山食物豐盛，可是小獼猴吉吉卻喜歡離家出走，溜出來找人類的小孩兒玩。翠山鄰近的山麓，每逢假日就有絡繹不絕的遊客；有的登山健行，有的闔家野餐，有的圍坐樹蔭談天閒聊。吉吉最喜歡找野餐的家庭，小孩逗牠玩，牠逗小孩玩，有得吃、有得玩，快活無比。

阿木是吉吉的好朋友，阿木一家人都愛翠山、愛野餐，他們攜帶的食物很豐富；阿木知道吉吉喜歡吃香蕉，每次總少不了帶幾根香甜的美濃蕉。

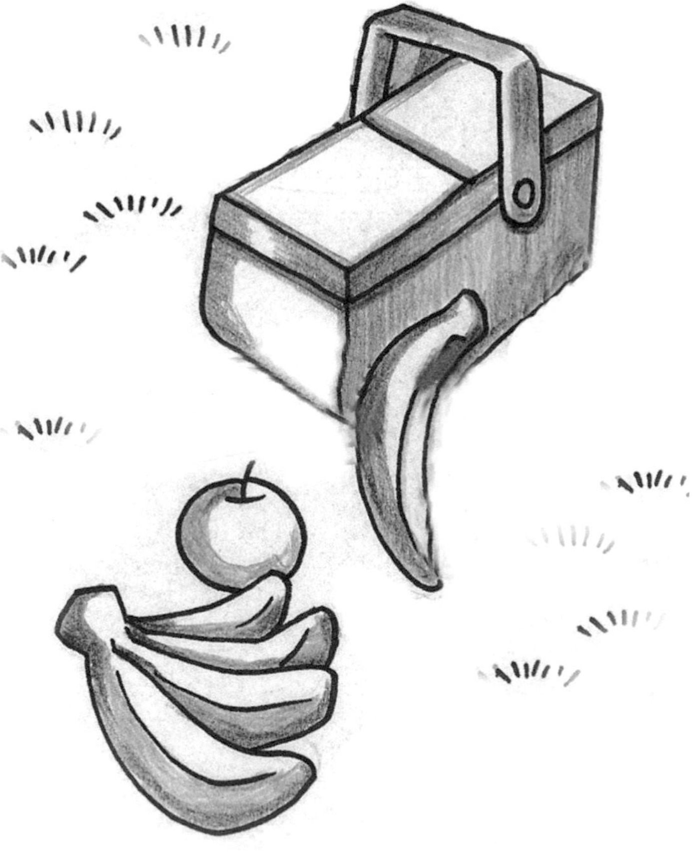

有一天，阿木又遞給吉吉香蕉；吉吉一接到，立刻剝下皮，大口大口的吃了起來。一邊看著的爸爸笑著說：「阿木啊！你看看，小猴子一副貪吃的模樣，好像你欠牠多少似的，眞是貪得無厭啊！」

「貪得無厭？」吉吉不懂這句話的意思，回去就問媽媽。

媽媽說：「哼！人類才是貪得無厭啊！幾乎每寸土地都開發了，只留下這座小小的翠山給我們！」

吉吉說：「阿木都給我好吃的東西，他不是這種人。」

「喔！媽媽懂了。那個人是說你吃得多，又不懂得回報阿木，所以是貪得無厭！」

「阿木給我香蕉、蘋果、糖糖，我都沒給他什麼；可是，我又不知道他喜歡什麼？媽媽，您知道嗎？」

「媽也不懂。」

「那怎麼辦？」

「你不要拿人家的東西不就好了！」

「可是我愛香蕉、糖糖，也愛跟阿木玩。」

從那天起，當吉吉遇到阿木時，總是問他：「阿木，你喜歡什麼？想要我送你什麼？」

只是，阿木哪裡聽得懂呢！因爲，在這世界上，只有動物聽得懂人類的話，人類卻難得聽懂動物的一兩句話，害得動物們每次都要重複的說著同樣的話。

有一天，阿木終於在無意間說出他喜愛的東西：「哇！水蜜桃最甜了，入口即化，好吃得連舌頭都要一起吞下去呢！」

「水蜜桃！」吉吉一聽就想到哪裡有。翠山向陽的山坡，阿水伯那架滿竹棚的果園，現在正是水蜜桃成熟的時節；不要說吃，單單聞著香氣，看著鮮美的顏色，口水就會一直流不停。只是，爸媽再三叮嚀，不得踏進阿水伯的果園一步，因爲那兒布滿陷阱和捕獸器。

爲了回報阿木，吉吉願意冒險；更何況，牠還是智商一八○的天才小猴呢！第二天清晨，趁著阿水伯還沒起床，吉吉就帶著一根竹竿，先試試路徑，確定安全才往前走，果然摘到了香噴噴的水蜜桃。

摘到水蜜桃的吉吉，當然捨不得吃，小心的藏在懷裡；在跟阿木玩的時候，就悄悄的塞進他的手提包。午餐時，阿木驚訝的叫了起來：「怎麼有水蜜桃？」

「或許是奶奶放的，放

心吃吧！」

「對！一定是奶奶！」

阿木曾經吃過很好吃的水蜜桃，是奶奶偷偷給的。可是吉吉不知道，阿水伯正認眞的在偵查誰偷了他的水蜜桃。阿水伯是很細心的農夫，果園裡幾棵果樹、幾個水蜜桃，都一清二楚。阿水伯發現，水蜜桃是一天少掉一個的，於是他暗暗的笑說：「這一定是潑猴們的傑作，貪得無厭的人類才不會如此客氣，不一次摘光光才怪！」

阿水伯爲了根除「猴害」，暗中使出一個妙計：「那潑猴一定走固定的路線，也摘同一棵果樹；我就在那些果子上噴上迷魂藥，看牠怎麼逃出我的手掌心！」

吉吉雖然智商一八〇，卻也看不出阿水伯的「妙計」。那一天照樣摘了水蜜桃塞在阿木的包包裡，玩了一陣子，在回森林的半路上偶然跟阿水伯相遇。

「咦？這潑猴吃了我的迷魂水蜜桃，怎麼還沒昏倒？」

「迷魂水蜜桃？」吉吉愣了一下，牠立刻知道事情不妙了！牠一轉身，飛也似的奔向阿木一家人野餐的地方。

狂奔而至的吉吉，恰好看見阿木正捧著水蜜桃要放進嘴裡；說時遲，那時快，吉吉一躍撲向阿木，奪下水蜜桃，隨手丟得遠遠的，恰好打在追了上來的阿水伯臉上。

「可惡的小猴子！」

「抓住牠！」

遊客們一擁而上，有人舉起手杖，有人撿起石頭，都朝著吉吉打過去。

「喂！大家住手！牠是好猴子，不可以打牠！」

大家停手回過頭來，詫異的看著喘吁吁的阿水伯。

「我一路跟蹤，發現這隻猴子到我的果園偷水蜜桃；後來又發現牠並不是自己吃，而是送給人類的好朋友。當牠知道

水蜜桃有毒，就奮不顧身的來救人。」

「原來如此！」這時，大家才用溫柔、感佩的眼光注視著倒在地上的吉吉。

明白了一切的阿木，更是激動的跑過去抱住吉吉，直喊：「吉吉！吉吉！對不起！你痛嗎？」

吉吉全身都痛，痛得直發抖；但在阿木溫暖的懷抱裡，牠忘了所有的痛，尤其是阿木的媽媽說「這眞是一隻了不起的靈猴」時，聽起來多貼心！

吉吉立刻大聲回應說：「不是啦！我不是靈猴，是智商一八○的天才小獼猴啦！」可是，誰聽得懂呢！

給小朋友的貼心話

小獼猴怎麼知道阿木喜歡吃水蜜桃？牠怎麼把水蜜桃送給了阿木？阿水伯爲什麼說小獼猴是好猴子？

小朋友，小獼猴與吉吉的友情雖然感人，但我們要記住：可不能爲了幫助或回報親人及朋友，而去做違法的事或傷害無辜的人呵！

喜歡被打開的窗

窗子每天都過得好快樂呵！因爲，一大早就有好多天眞活潑、滿臉笑容的小朋友走進來，打開它原先緊閉著的窗扉，開始他們一整天趣味無窮的課程。

這扇窗子叫「愛美」。愛美守護著一個班級的學生，也幫著一位誨人不倦的老師；它很得意，覺得自己功勞不小。「如果沒有我，教室哪有明亮的光線！如果我不懂得有時開、有時關，怎能調節室內的空氣，擋住呼呼吹襲的冷風、還有

那惡作劇的強風，使得教室常保舒適的溫度！」

愛美常想：「這些孩子看慣了我、用慣了我，很少注意我是多麼的靈巧！真可惜啊！」愛美很想告訴小朋友們：「我們窗子是多采多姿的呢！有左右滑動的，有上下移動的，向外開的，用軸心旋轉的，還有百葉窗、八角窗、天窗、氣窗……」

愛美又興沖沖的對靠在它身邊的小英說：「告訴妳，我們窗子也很愛漂亮呵！繽紛多彩的窗簾不用說，窗框、窗飾都是美美的藝術品呢！還有，我們窗子最驕傲的是愛乾淨的習慣！我們常保持一塵不染，讓室內的人只要站在窗前，不用開窗，就能透過玻璃眺望遠山近水、藍天白雲、紅花綠草，一點兒也沒有污染的色彩或礙眼的灰塵呢！妳看，我的日子不是頂愉快充實的嗎？」

不過，有一天，窗子愛美覺得很迷惑；因爲，作文課的時候，老師在黑板上寫的題目是「心窗」。

「唉！心就是心，哪會有什麼窗？是屋子、車子、樓房才有窗啊！心只是『砰！砰！』小鹿一般的亂跳，怎會有什麼窗？」

「啊！小朋友毫不遲疑的寫下去了。真的有『心窗』這樣的東西嗎？」窗子愛美十分疑惑。

儘管愛美不瞭解，但小朋友們已經動筆寫了起來。

有人寫：「我心深處有一扇窗。」有人寫：「打開內心的一扇窗，迎接無數的星星、溫柔的月光、亮麗的太陽……」

有人輕聲哼著：「阮若打開心內的窗，就會看見五彩的春光；阮若打開心內的門，就會望見故鄉的田園……」

哇！連閩南語歌曲也唱出了「心窗」哩！他們說來說去，寫來寫去，都說天真無邪的、光明正大的、好奇的孩子，總是喜歡在那窗口探呀探的。當人們的心窗敞開，快樂隨著來！心窗緊閉，煩憂跟定你！好多孩子都說，他不知怎麼搞的，也不知何時，竟然把心窗關得緊緊的了。

看著小朋友們寫的「心窗」，愛美不由得心想：「其實，我們當窗子的，應該伶俐聰明，該開就開，該關就關，適得其時才對啊！可是，『心窗』怎麼會有那麼多煩惱啊？」

「唷！作文課快結束了，小朋友們都急著寫結尾了，我得悄悄看看他們最後給我們『窗族』下什麼評語啊！」

——我打開心窗，晨光一股腦兒洩了進來，照得我的書桌亮麗了起來。

——我打開心窗，陽光從窗口送進了愛的光彩，我心中的希望化作美麗的蝴蝶，飄飛花團錦簇的窗外。

——別吝嗇打開心窗，你、我、他，彼此關懷，從那敞開的窗口交流。

愛美滿意的笑了。「看樣子，我得成爲喜歡時常敞開的窗子嘍！不過，我眞的很希望成爲小朋友心中的一扇窗；因爲，那個窗比教室的窗還要大，更比大樓的窗氣派，那是個很奇妙的窗！」

給小朋友的貼心話

這是小朋友作文過程的趣味化故事。窗子是一種東西，但作文時把它擬人化，或說我們心中有一扇「心窗」，思路就無限寬廣了。

小朋友，對於「心窗」這個題目，你有怎樣的想法呢？

鐘塔的密碼

和平國小的校園花木扶疏，綠草如茵。就在那絢麗的花壇和青翠的草坪之間，最近有了新的景觀，那就是宛如修長的帥哥一般，豎立在綠地上的鐘塔。

「好帥呵！他隨時提醒著我們守時。」

「他是不怕風吹雨打的帥哥呢！」

「你看！永不停歇的時針、分針，還有快速移動的秒針，都在一張笑嘻嘻的臉上，真的超可愛！」

學生們都喜歡綠地上的帥哥鐘塔，尤其是跛腳的小龍，這些日子總是倚靠帥哥身邊，默默的觀看別人嘻嘻哈哈、蹦蹦跳跳的追逐及遊戲。

他覺得很寂寞，因爲同學們都瞧不起他，常交頭接耳的說：「哼！我們三年一班都是因爲有那個跛腳龍，什麼成績都比不上別班！」

「對！清潔比賽，他是骯髒龍！考試他是零分龍！賽跑他是跟班龍！打架是畏縮龍！」

「如果班上沒有他該多好！」

同學們冷嘲熱諷的話語，一再的在小龍耳邊響著；就算現在孤獨的倚靠在帥哥身旁，那讓他傷心的話語，還是不斷的在耳邊響著。

「帥哥鐘塔，你好好呵！都不會嘲笑我，還「滴答、滴答」的跟我輕聲細語。可是，你的聲音那麼細、那麼小，我聽不出你在跟我說些什麼呢！」

忽然間，小龍彷彿聽清楚了：「『滴！滴！滴！滴答！滴答！滴答答！』這是時鐘裡的小精靈發出的密碼！是天眞無邪的孩子才能解讀的密碼！」

「呀！我聽到帥哥鐘塔的密碼了！可是，我哪能解讀密碼？我雖然『天眞』，卻不知是不是『無邪』？」小龍對著眉

開眼笑的帥哥鐘塔天眞的回話。

「哈哈哈！好誠實的孩子！天眞的分數你及格，可是，要以『無邪』的『直心』去解讀密碼，可得多加努力啊！」

「怎樣才是『無邪』？又怎麼能夠「直心」？」小龍迫切的追問。

「滴！滴！滴！滴答！滴滴答！」帥哥鐘塔仍然不停的傳送著密碼。

小龍上課去了，他腦子裡縈繞的是密碼；下課了，腦子裡想的還是密碼；回家了，掛念的還是密碼；睡覺時耿耿於懷的，仍舊是密碼。

「滴！滴！滴！滴答！滴滴答！」小龍耳邊又響起帥哥鐘塔的密碼。小龍下定決心告訴自己：「密碼！密碼！我要解開密碼！」

小龍認真的用起他的腦筋了。他到圖書館查看所有關於密碼的書，向爸媽詢問有關密碼的線索，回到帥哥鐘塔身邊，細聽那音調、音質、強弱、抑揚頓挫，並且一一筆記。小龍真的很忙哩！同學說的什麼跛腳龍、骯髒龍、零分龍、退縮龍、跟班龍，他現在都不放在心上了，反而覺得是在鼓勵他，說他有改善與進步的空間。

從前一副對人充滿怨懟的面孔，變成洋溢著和善的容貌了；從前不愛聽課的小龍變得很認眞，一心想從老師口中探出任何有關密碼的蛛絲馬跡。老師對小龍近日來的表現感到相當詫異，也很高興小龍有這樣的轉變。

老師好奇的問：「嘿！小龍，你變得不一樣嘍！以前是頭腦昏昏沉沉，從來不問功課，不喜歡思考；現在怎麼變得什麼事都非得打破砂鍋問到底不可呢？」正好站在一旁的小芬也好奇的聽著。

「老師！帥哥鐘塔告訴我，想解讀它的密碼，就必須有『無邪的直心』！我正在找那樣的心啊！」

「『無邪的直心』？帥哥鐘塔眞的這樣告訴你？」

「是的！那個聲音是『滴！滴！滴！滴答！滴滴答！』」

「那是時針、分針和秒針轉動的聲音吧？」

「可是，裡頭有小精靈在輕聲細語！」

「嗯……」老師瞪大眼睛看著小龍，好久好久才說：「繼續研究吧！縱然沒有肯定的答案，也會有收穫。」老師說得很篤定。

小龍又是一副認眞的表情，回到座位繼續思考。

「不過，帥哥鐘塔眞的有什麼密碼嗎？」小芬疑惑的說。

「乾脆我們全班一起研究吧！」

老師附和著說：「去吧！會得到意想不到的智慧呵！」

帥哥鐘塔依舊精神奕奕的站在綠地上，細細的、微微的，傳達著密碼。有一天，小龍清晰的聽見鐘塔帥哥說：

「小龍，恭喜你有『無邪的直心』了！」

「無邪的直心，我有了嗎？我還是不懂啊！」

「不用怨懟的心去看待別人嘲笑的話語，還認爲是在勉勵，這就是『無邪的直心』。有了它，你就沒有煩惱，可以安心用功

了！」

「嗯！說得也對！」小龍忽然發現自己能解讀密碼了，高興得幾乎要跳起來呢！

帥哥鐘塔不僅把密碼傳給喜歡他的兒童們，也傳給花草樹木、蜂蝶小蟲、飛禽走獸、藍天白雲。「滴！滴！滴！滴答！滴滴答！」傳給眾生心中的小精靈。

給小朋友的貼心話

爲什麼小龍特別親近鐘塔？鐘塔跟小龍說了些什麼？小龍是怎麼解讀的呢？

小朋友，你覺得什麼是「無邪的直心」呢？要怎樣才能擁有「無邪的直心」呢？

認錯的普普

小熊普普從森林學校放學回來，一踏進家門就把書包拋在桌上，悶悶不樂的坐著，還握緊拳頭敲著桌面。

「普普啊！你到底跟誰在生氣？」

「媽！爲什麼爸爸是個撿破爛的！」

「你應該說爸爸是在做『資源回收』啊！堂堂正正的做事，又不是當小偷；況且，還是黑熊村的環保尖兵呢！」

「不要啦！什麼資源回收！別人的爸爸，都是當黑熊公司的經理啊、課長啊，森林醫院的醫生啊，他們都住洋房、開轎車，爸爸卻踩著那難看的三輪車！」

「為什麼要跟人家比這些呢？好好的讀書做功課，不要想太多！」熊媽媽走過來輕輕的拍著小熊的肩頭安慰他；可是，普普激動的心一直不能平靜下來。

今天放學後，在回家的路上，同學們分別誇起自己的爸爸，說到得意處都眉飛色舞；可是普普呢？他一路上默默的不說一句話。後來，棕熊亮亮發現普普還沒介紹爸爸，就說：「對了！該輪到普普說了！」

「不要！我不說！」普普叫了一聲，拔腿就往家裡跑。回到家的普普一直生悶氣，不管媽媽怎樣安慰，心情都無法平靜下來。他像是發牢騷，又像責備似的對媽媽說：「我討厭爸爸！他不會賺錢，爲什麼還要時常喝醉酒？人家都說他是個酒鬼。我討厭他！

我討厭他！」

就在這個時候，大門嘎的一聲開了，站在門口的正是酒氣熏人的熊爸爸。他搖搖晃晃、東倒西歪的走進來說：「普普啊！你說討厭誰？」

爸爸的眼睛充滿了血絲，嘴邊還流著口沫。普普愈看愈討厭，竟然抓起桌上的鉛筆盒丟過去，並且大叫一聲：「就是討厭你呀！」

鉛筆盒擲中了爸爸的額角，好像有一點點紅腫；爸爸皺著眉頭，伸手去摸了一下。普普一時生氣，其實不是很用力；只是，爸爸痛的並不是皮肉，而是他的心啊！

普普心想：爸爸將大吼大叫，並且一巴掌重重的打過來。可是，普普所想像的並沒有發生；爸爸的眼神，只是

呆滯的看著普普的臉和掉在地上的鉛筆盒。

普普很希望自己挨一頓打；但是爸爸沒有那樣做，反而使普普覺得很不安。一時間，屋子裡的空氣好像凝結了似的，教人停止了呼吸。

過了好久，爸爸終於狂笑說：「哈哈！哈哈！我兒子普普打我了！普普打我了！」爸爸邊說著邊轉身，然後走出門外。

爸爸沿著門前的田間小路越走越遠，媽媽擔心的在後面追了幾步，便垂頭喪氣的折回來了。

「唉！你這孩子怎麼做出了這樣的事呢！」

「可是爸爸他……」普普心裡很難過，也很委屈。

「你要知道爸爸有多辛苦啊！雖然他有時候會喝些酒，那是因爲他心情不太好。孩子啊，你把心靜下來，聽聽你爸爸的故事。」

於是，媽媽娓娓說出了過去的事。

「你爸爸原來是森林裡一個勤勞的小商人，時時刻刻爲著一家人的幸福打拚。可是，你爸爸有個手足情深的親弟弟不幸患了重病，你爸爸不惜拿出所有積蓄挽救你叔叔的生命。只是，爸爸的錢花光了，卻沒能救回你叔叔的命。

「你爸爸經營的生意，由於缺乏資金只好放棄，從事不要本錢的資源回收。在這段時間，許多朋友都看不起他，也遠離了他，讓他的內心很痛苦。你爸爸雖然有時會喝悶酒，但是，爲了你能夠讀最好的森林學校，還是天天冒著日晒雨淋的工作，把所賺的錢都交給媽媽存起來呢！」

普普聽了媽媽的一番話後，覺得自己對爸爸實在太魯莽了。這時，外面開始淅瀝淅瀝的下起雨來了。

「啊！你爸爸沒帶雨具，喝了酒又淋雨，恐怕會生病！」媽媽擔心的說，眼眶也紅了起來。

「我們出去找爸爸！」媽媽從牆腳抓起一把雨傘，牽著普普的手往門外走。

秋天的傍晚已有幾分涼意，況且又是來勢洶洶的一陣雨。媽媽的腳步急速的往河邊走，好像知道爸爸就在那兒似的。到了青青河畔的幾棵柳樹那兒，果然看見爸爸蹲在柳樹旁，頭靠在膝蓋上用雙手抱著，雨水不斷的從枝葉間溜下來滴在他身上。

這時候，普普感覺到，爸爸受的委屈不知比自己要多上幾倍呢！

「爸爸，我錯了！我對不起你！」普普大哭著朝爸爸跑過去，緊緊抱住爸爸圓滾滾的腰。

「我的好孩子，一切都過去了，不需要道歉；只要改過自新，奮發圖強！」聽著爸爸的話，普普不住的點頭。

熊媽媽在旁看著，淚水也像雨水似的不斷從臉頰滑落；那是喜悅的淚水，也是安慰的淚水……

給小朋友的貼心話

普普爲什麼會討厭爸爸？後來怎麼知道自己錯了？看見普普一家人和好了，你有什麼感覺？

小朋友，職業並無貴賤，只要堂堂正正的做人、做事，對這個社會就是有所貢獻。

要記住：不管怎麼樣，都不可以對人罵髒話，甚至打人呵！

小燕子

朦朧的月色籠罩著寂靜的山村，帶有幾分涼意的秋風，旋繞在林間。有隻落了單的小燕子，躲在枝葉間顫抖、哀啼；因爲，牠看不到慈愛的母燕，也看不見飛翔的朋友了。

夜漸深，風也更冷，小燕子單薄的羽毛，再也抵不住刺骨的寒氣，牠哀叫一聲，展開柔弱的翅膀，向村子裡飛去。村莊裡點點的燈火，至少能讓牠感到溫暖。

剛飛到街頭，小燕子便看到一個家庭，屋裡燈光燦爛。

「進去看看吧！這一家或許會讓我躲過這個冬天！」

可是，小燕子失望了；牠探查每個窗戶，都是關得緊緊的，只好眼巴巴的望著屋裡暖烘烘的火爐，然後鼓起疲乏的翅膀再到鄰家看看。這次，牠找到了一個敞開的氣窗，高興的飛了進去。想不到，幾個衣著華麗的孩子，很快的發現了牠；於是，你拿掃把、我拿竹竿，亂烘烘的追打一場。

可憐的小燕子本想再從氣窗逃走，但那些頑皮的孩子，一拉窗邊的繩子，「砰！」一聲，小燕子在玻璃上撞得頭昏腦脹，奄奄一息的掉落在地板上了。

「唉！是燕子。這東西養不活的，餵給小貓吃吧！」較大的男孩撿起軟綿綿的燕子說。

「不！牠沒死，我要玩兒！」一個小女孩從哥哥手裡搶過了小燕，找出一條繩子綁在小腳，毫不憐惜的把牠倒懸在窗緣。

夜更深了，孩子們都靜靜的睡著了，小燕子漸漸從昏迷中醒過來，覺得右腳痛苦難當，就展翅用力掙脫；幸虧繩結沒打緊，一下子就鬆掉了。但飢寒交迫的牠，才剛飛起，便又無力的掉在地上。這時，屋裡一隻嘴饞的黑貓，迅速的撲過來叼住了牠，從陰溝裡往屋外跑。

黑貓慌張的動作驚醒了門邊的狼犬，牠突然張牙舞爪的狂吠。黑貓嚇得一鬆口，小燕子掉了下來，黑貓急忙鑽回陰溝去。虎口逃生的小燕子，一口氣飛上屋頂，忍受著呼嘯的北風。

「咦？街尾那邊不是有一家破板屋嗎？那裡有很多縫隙，我乾脆投靠那

兒去！」

這座破板屋就在一小塊田地跟菜園旁邊；用簡陋木板釘成的窗子果然很容易進去，但屋裡和屋外一樣的寒冷。「咦？這家的火爐連一點兒火苗都沒有！」小燕子不免有些失望。

再看屋裡那破舊的木床，上面擠著三個人；一個中年人睡在一頭，還有兩個兄妹似的孩子睡在另一頭，同蓋著一條又破又薄又硬的小棉被。哥哥的一隻手跟一條腿都露在被外。那中年人應該是他們的爸爸；看那蒼白的臉色、枯瘦的身體，一定是患著重病吧？

「啊！這一家眞可憐！」小燕忘了自己的痛苦，依偎在少年的身邊。那少年的手有很多厚繭，枕邊放著一本書；小燕子過去用喙翻了幾頁，只見滿紙艱深的文字，牠一點兒都看不懂。但牠知道這少年是勤勞的，他要工作負擔這一家的生活。

睡在爸爸腳邊的小女孩，烏黑的長髮蓋住了晒黑的臉龐，小小的手掌輕握著一張畫滿了星星的圖畫紙。躺在中間的中年人輕輕的咳嗽，咳聲稍停，卻喃喃的夢囈著：「可憐的孩子……要不是你們的娘早逝，我又這麼不爭氣，你們也不必吃這麼多苦……」

小燕子發現這家人好可憐又好可愛，對孤零零的牠來說，正是可以安心寄託、同病相憐的朋友啊！於是，牠就放心的藏在被窩的一角過了一夜。

第二天，東方剛露出魚肚白，小燕子就醒了，兄妹倆的溫暖使牠恢復了氣力。趁著這家人還沒醒，牠便飛往窗外的菜園，很快的啄掉菜葉上的害蟲。

紅紅的太陽從東山探出頭來，少年邊刷著牙，邊看園裡的菜，他突然叫喚：「妹妹！今天早晨妳捉過菜蟲嗎？」「沒有啊！我還沒去過菜園哩！」妹妹從廚房裡大聲回答。

「咦？好奇怪啊！」少年詫異的東張西望，抬頭看見了枝

頭上的小燕，若有所悟的跑進屋裡拉著妹妹說：「一定是那燕子幫我們捉蟲！」

「這時候哪還有燕子？一定是跟不上燕群的小燕子吧？」

「牠的爸媽和兄弟姊妹一定都到南方去了，牠或許是飛行時被老鷹追逐而脫隊的。」

「也許是隊伍被強風吹散了！」

兄妹倆講著各自的想像。

「對了！我們來釘個鳥箱讓牠過冬吧！」妹妹興奮的拍著手說。

哥哥便用撿來的廢棄木料，釘了一個粗糙卻小巧的鳥箱，將它懸掛在屋簷；從此，這隻殘留的小孤燕就有了安穩的家。從那天起，小燕子每天陪著少年工作，在田園裡，在枝頭上，在寒風中，牠時時刻刻翱翔在天空，唱著優美的

歌，陪伴兄妹工作，也不斷的為他們啄食菜葉上的害蟲。

到了深秋時候，那中年人的病已經好得多了，兄妹倆可以跟爸爸一起踏著彎彎曲曲的田埂，望著晨曦、夕陽，巡視他們的田園，愉快的閒談秋收了。

「好孩子，你們真有辦法，爸爸在病床上擔心著今年的收穫，想不到你們做得這麼好！稻子長得好，蔬菜長得更好。唉！我的好孩子，真是辛苦你們了！」

「我們怕爸爸擔心，格外努力工作啊！不過，這個秋天卻有個意想不到的幫手呢！爸爸您看，牠又在啄害蟲了！」

「咦？燕子？謝謝你的幫忙！」中年人向那孤燕端詳了一

會兒，又轉向少年說：「小燕子帶給我們豐收，這樣的豐收能持續兩三年，家計也就可以寬裕些了。」

興奮的中年人捲起袖子說：「你們看！爸爸的病好了，收穫時就可以讓小燕子欣賞我的功夫了。」

「爸爸，你還很瘦哩！」妹妹握著爸爸的手說。

「工作了就會結實起來的。哈哈！小燕子，你說是不是？」爸爸看著自己細小的手臂，不好意思的放下袖子，又像是要用笑聲掩蓋尷尬的場面。

「哈哈！哈哈！」兄妹倆也跟著笑了，少年愉快的舉起雙手招呼小燕子說：「來吧！小朋友，跟我們一起過冬，明年春天你就可以跟父母團聚了！」

「冬天一過，小燕子就不寂寞了，我們多做些鳥箱等待吧！因為牠的父母一定會很早來的！」父親臉上充滿期待和希望的光輝。

小燕子在他們頭上盤旋，呢喃的啼聲似乎在歡呼，也在祝福。親子三人同時抬起了頭，美麗的晚霞掛在山頭，夕陽映在他們臉上，微風輕拂過他們的頭髮。

「啊！多美麗的一幅圖畫呀！」小燕子讚嘆著在他們身邊旋繞。親子們望著可愛的小燕子，不約而同的露出會心的微笑。

給小朋友的貼心話

小燕子爲什麼選擇這一家過冬？小燕子幫這一家人做了什麼事？這一家人是如何度過生活的艱難呢？

小朋友，只要一家人能相親相愛，彼此扶助，一起努力，便可以度過生活中的難關呵！

菩薩顯靈

阿祥的玩具很多，有陀螺、紙飛機、紙船、黏土捏成的大象、老虎、坦克車，還有自己釘的小板凳，林投葉捲成的喇叭。這些手工玩具，樣樣他都喜歡；可是，跟同學的玩具比起來，他總覺得自己十分寒酸。

尤其是鄰居的阿輝，玩具更多、更漂亮；他有一個玩具箱，裡頭裝滿了各式各樣的電動玩具，還有電腦遊戲磁碟。阿輝的機器人手上拿著會發光的雷射槍，遙控的大卡車會在地板上來回馳騁，巨型的跑車能夠在院子裡繞來繞去。

有一天，阿祥向爸爸說：「我的生日快到了，送給我會走路的機器人好嗎？」

「我們家沒那麼多錢啦！玩具是自己做的好；何況你的手那麼巧，腦子那麼靈活，做玩具的點子又特別多！」

爸爸雖然稱讚了阿祥好多話，但阿祥還是非常失望；不過，爸爸說沒錢，阿祥又有什麼辦法呢？

到了學校，同學都在誇耀自己的玩具。阿輝得意的說：「我爸爸又買給我一架遙控直昇機，可以飛上天空，超好玩！」

阿俊也說：「我舅舅從美國回來，送給我一套最新的Wii，好酷呵！」

阿祥在一旁默默的聽著，只有羨慕的份。這時候，阿輝突然回過頭來說：「咦？阿祥，你怎麼一句話都不說？你到底有什麼玩具呢？」

阿祥低著頭走開，來到鳳凰木下望著飄落的樹葉心想：「要是有錢該多好！要什麼玩具都可以大大方方的去買，在同學面前多威風啊！」

阿祥又想：「我爸爸是個工人，賺的錢不多，我只好自己做玩具；可是，這些玩具怎麼好意思拿出來跟同學相比呢？還是有錢好！如果仙女出現，問我要許什麼願，我一定說想變成大富翁！但是，仙女什麼時候出現呢？」

回到家的阿祥不再想玩具，更不敢再想仙女，只好帶著家裡的小花狗，順著田間小路散步。到了一棵路樹旁，小花狗忽然對著草叢汪汪大叫起來。

阿祥好奇的過去看，詫異的叫道：「哇！是個包包！」阿祥彎下腰撿起來，打開一看，是厚厚的一疊千元鈔票呢！

阿祥從來沒看過這麼多鈔票，拿在手上卻令他很不自在。他向周圍張望了一會兒，確定沒有人看見，便很快的把皮包藏進懷裡。

這時候，他想到自己曾經盼望仙女出現，這是不是仙女丟在這裡讓他撿的呢？如果是的話……阿祥不敢確定，也不知如何確定。

心神不定的阿祥跑到附近的菩薩廟，廟後那高聳的老榕樹是他常爬上爬下的祕密基地。阿祥爬到了茂密的枝葉之

間，又把皮包掏出來，仔細的數一數鈔票。

「哇！一共有一百張呢！一定可以買到很多東西！」阿祥的心「撲通、撲通」的跳個不停。

「如果拿這些錢去買玩具，會噴火的機器人、遙控的直昇機、好玩的電腦遊戲都可以買回來！」想到這兒，阿祥興奮的差點兒要大笑起來，也要向仙女說聲謝謝！

正當阿祥沉醉在歡樂的想像時，小花忽然汪汪的叫了起來；阿祥低頭往下看，原來是有個中年婦人來到菩薩面前。

婦人好像受到什麼重大的打擊，哭哭啼啼、慌慌張張的走到廟前跪下，雙手合十喃喃的說：「慈悲的菩薩啊！請幫我快找到皮包吧！裡面裝的錢，是要送我丈夫到醫院的費用啊！如果沒有了它，我丈夫就來不及醫治了！萬一他死了，我們一家人怎麼過日子！」

那婦人說完，又跪下來頻頻向菩薩叩頭。阿祥明白皮包怎麼來的了，他確定的告訴自己：「我決不能拿這筆錢！」於是，他悄悄的把皮包丟下去，恰好落在婦人面前的供桌上。

聽見「啪答」一聲，婦人驚慌的抬起頭。

「呀！這不就是我的包包嗎！」婦人又歡喜又驚訝的站起來，向四面八方查看。

「奇怪？這兒除了我以外，沒有別人啊！難道是狗兒銜來的？不！不會是狗，我怎麼可以這樣想呢？我明明是來

求菩薩的啊！一定是菩薩顯靈替我找回來的！」

「謝謝菩薩！謝謝菩薩！」婦人又跪下來恭敬的叩頭，小花又汪汪的叫了起來，牠一定覺得這女人很好笑吧？

阿祥在樹上默默的看著；他一點兒都不覺得好笑，但心裡確實感到很快樂。婦人叩完了頭，急急忙忙跑到馬路上搭公車離去了。阿祥目送著她的背影，直到看不見才從樹上慢慢的溜下來。

回到了家，爸爸正在一塊很大的木板上，畫著各種形狀的圖樣。阿祥問：「爸爸，這是做什麼的？」

「給你做個水陸兩用的滑板，是別人沒有的創意玩具呵！」

「好極了！我也一起做！玩具還是自己做的好。」

「喔？你也懂得這麼想啦？」

「是菩薩叫我這樣想的！」

爸爸不懂阿祥的意思，但還是爽朗的哈哈大笑起來。

給小朋友的貼心話

丟了錢包的婦人失而復得，認爲是菩薩顯靈；可是，阿祥知道，是菩薩顯靈教育了他。

小朋友，每個人心中都有爲他人著想的善良本性，那就是「菩薩心」啊！

天星地球遊

在浩瀚的宇宙裡，有一個「星星世界」，在那裡居住的當然是一顆顆閃耀的星子。那兒的居民，自在而逍遙，只有一個由修養高深的星星們所組成的「管理中心」，幫忙解決星子們在宇宙遊歷中所發生的困難。

星子們就像人類一般，也有著思想與情感；只是，他們的思想與情感都是純眞而良善的。

斯萊星和斯美星是青梅竹馬的好伴侶。有一次，他們站

在銀河岸邊，一起欣賞著遙遠天邊的地球。

「多可愛的一顆星球啊！」斯美讚歎。

「到了地球，一定可以欣賞無數動人的風光！」斯萊說。

「心動不如行動，我們何不化作一男一女，到地球悠遊？」斯美建議。

「好主意！」斯萊和斯美，便使出神通力變成一對俊男美女，轉瞬間便已站在地球的陸地上了。他們欣賞著青翠的草原、層疊的山巒、碧藍的天空、潺潺的綠水、悠遊的白雲，還有樹林裡輕啼的小鳥、跳躍的松鼠、奔馳的野兔、絢麗的花朵、飛舞的蝴蝶，一切的一切，都使他們感到驚喜。尤其是，那一望無垠的草原，翠綠當中點綴著繽紛的花簇；夜晚螢火蟲提燈飛舞，跟星星相輝映；這些美景更令斯美喜愛不已。

「想不到地球這樣引人入勝！」

「它遠遠的散放著迷人的光彩，投入它的懷抱更令人陶醉，美妙無比啊！」

儘管地球的每個角落都是多采多姿，但斯萊和斯美喜歡的還是山林，尤其是浸浴在一片濃綠的森林中，聽著山上傳來悠揚高亢的情歌。

斯萊和斯美本來只是想輕鬆走一趟，很快就回星星世界的；可是，斯美竟然愛上了地球，留連忘返，拉著斯萊走遍高山又走到平原，又悄悄走到城市，然後再到海邊，驚嘆著海洋遼闊、浪花拍岸、鷗鳥翱翔。

「啊！地球，最美的星球，夢想中的淨土！我願永遠生活在這裡！」

斯美環顧四週，發出感嘆；斯萊聽了，不禁慌張起來，他扳起面孔嚴肅的說：「斯美啊！我們得趕快回我們的太空去了，久了會忘記回家的路呢！」

「忘了才好，那我們就死心塌地的成爲地球人。」

斯萊眞的急死了！他生氣的說：「斯美，不要耍孩子氣了！我們帶來的食物有限，吃完了怎麼辦！」

斯美天眞的回答：「那就吃這裡生產的東西不就好了！」

「那怎麼行！」斯萊又急又氣，差點兒就要流下眼淚了。

他幾乎是又怒罵又哀求的說：「斯美！你忘了我們是天界的人，只要一沾地上的食物，就會變成地球的凡人，不但回不了天上，還要承受生老病死的痛苦啊！」

斯萊的警告果然生效了；斯美只是眷戀著地球的美，一時忘了變成地球人之後的問題。地球人享受的是吃喝玩樂的物質生活，跟天界的心靈食糧大不相同，一旦變成凡人就回天乏術了。於是，斯美幽幽的說：「好吧！我們回去吧！不

過，以後你要常常陪我舊地重遊呵！」

「沒有問題！陪你千百萬次也行！」斯萊高興的一口答應了。

兩位天星手牽手，站在最高的山峰，輕輕的飄浮、上升，逐漸離開大地，往天空遠處的家鄉飛去。可是，斯美很捨不得美麗的地球，頻頻回首顧盼曾經踩踏過的每一塊土地、欣賞過的每一個景色，一顆心沉甸甸的惦記著地球，使得上升的浮力減弱；在快到天鄉的邊界時，他忽然失去了平衡，像一塊石頭似的往下掉落。

斯萊立刻奮不顧身的衝下去救斯美。就在這時候，星星管理中心傳來莊嚴的聲音：「斯萊，急也沒有用！要救斯美得先回到星星世界，藉著神通力才行啊！」

斯萊只好回管理中心求救。專家說：「斯美目前已經變成凡人，回不到天上了，乾脆暫時讓她留在自己喜愛的土地吧！斯美的心、斯美的情，都在地球啊！」

「可是，斯美她吃了地上的食物，就會有生老病死的痛苦啊！」

「好！爲了她的健康，我們就從天上拋下特別的果實『朴果』給她。」

可是，斯萊總是放心不下，掛念斯美會不會餓，擔心斯

美會不會冷、會不會寂寞？斯萊終於使出神通力把自己變小，偷偷的藏在朴果裡面。當朴果悄悄掉落在斯美身邊時，斯萊便重回地球陪伴斯美，等待著斯美的身體恢復，重返天界。

給小朋友的貼心話

故事中說：「地球人享受的是吃喝玩樂的物質生活，跟天界的心靈食糧大不相同；天星一旦變成凡人，就回天乏術了……」小朋友，你有何感想？

地球有著連天界的星星都喜愛的自然美景，身為地球一份子的我們，更要好好珍惜呵！

白鶴仙星奇聞

星星世界有一所規模很大的「神通遊戲學院」，課程神奇豐富，而且是在遊戲裡學功夫，要學到像玩遊戲般變幻自如。

有一天，院長召開會議，針對地球的近況研討。教授們說：「地球的確令人憂心！環境被破壞，人心遭受污染，恐怕不再適宜生物生存；智慧發達的人類將尋找另一個星球移民，到時候宇宙的秩序一定會被他們擾亂啊！」

「會有這些麻煩事，都是來自於人心太過貪婪了！」經過一番熱烈討論，最後院長總結說：「我們先請優秀的資深教授『白鶴仙星』冷謙先生，到地球調查一下人心到底有多麼貪婪，再來研究對策吧！」

冷謙，是白鶴仙星曾在地球上所用的化名；他覺得滿好聽的，在星星世界便也用這個名字嘍！

白鶴仙星冷謙來到了人間，化身富翁，住進距離王宮不遠的豪華宅第。不久後來了個窮人張英，希望冷謙雇用他，冷謙便隨和的答應了。

主僕二人相處愉快，隨和的冷謙跟張英聊起天來，就像

多年的朋友，無所不談。有一天，張英聽了楊貴妃愛吃荔枝的故事，情不自禁的嘆氣說：「這麼窮的我，什麼時候可以吃到荔枝呢？」

冷謙說：「不要嘆氣。拿個盤子和一塊布來，我弄一點給你！」

冷謙把白布蓋在盤子上，嘴裡念念有詞，然後掀開白布，眼前竟然出現一盤新鮮的荔枝！張英又驚奇又興奮的吃著荔枝說：「主人啊！您這是什麼魔術呢？」

「不是魔術，是神通中的『無中生有術』。」

張英一向窮怕了，連忙說：「您既然可以變出荔枝，是不是也可以變出黃金？」

「嗯，看在你平日老老實實的，只要你答應一件事，我就用『一門開、萬門通』的法術替你打開金庫的門。」

「主人！您儘管吩咐，不管什麼事我都切實遵守就是。」

「說起來簡單，做起來不容易，那就是不貪心。」

「好！我絕對不貪心就是了！」

於是，冷謙就拿起筆，在牆上畫了一扇門說：「開了這扇門，裡面有很多黃金。不過，你只能拿其中一件，不可貪多；貪念一起，立刻會招來禍害！」

「主人您放心！」張英推開了門，一瞬間，竟然便置身於金光燦爛的寶庫中！

「哇！是黃金！一箱又一箱滿滿的金條、金幣、金元寶

啊！可是不能多拿……」冷謙的吩咐還在張英心中盤旋。他選了一條沉甸甸的金條，放進衣袋轉身就走；可是，到了門口又忍不住折回了，還自言自語：「難得遇到堆積如山的黃金，不拿白不拿！」

張英竟然脫下了衣服當包袱，包了一大袋金子，奮力扛起，漲紅著臉、腳步沉重的走出門。這時，忽然從倉庫深處傳來尖銳的吆喝聲：「是誰？大膽闖入官庫！」

張英被衛兵捉到了國王面前。國王問：「看你一副老實的樣子，怎麼進得了層層戒備的官庫呢？」

張英說：「是冷謙惹的禍啊！他用什麼『一門開、萬門

通』的法術，就讓我進去了！」

在家裡悠然自得泡著茶的冷謙，突然聽見一陣劇烈的敲門聲，隨後奔進了一隊士兵。冷謙當然知道他們的來意，從容的說：「我口渴得很，請讓我先好好喝盅茶。」

隊長心想，冷謙無路可逃了，便放心的帶著部下在外面包圍。可是，當他一轉身時卻不見冷謙了。他心急的大喊：「冷先生！你藏到哪兒去了？」

「我在茶壺裡啊！」

隊長只好提著茶壺回王宮向國王稟報。國王看著茶壺生氣的怒罵：「喂！不要跟我玩捉迷藏了！你不出來，我就叫人摔破茶壺，看你逃到哪兒去！」

任國王一再威脅，還是不見冷謙出來，國王便叫衛兵將茶壺摔碎；不過，茶壺被摔得粉碎，還是不見冷謙的身影。國王更生氣了，叫人當場把茶壺的碎片用杵臼舂成細末。

這時候，突然吹來一陣驟風，把臼裡的粉末捲到半空變成一隻白鶴；接著，在眾人驚訝聲中，冷謙出現了。他騎上了白鶴說：「地球人啊！你們的貪婪不改，就永遠得不到心靈的輕安啊！」

國王睜大眼睛，又驚慌又興奮的說：「仙翁啊！您的法術是世上至寶，我願獻上金庫裡的所有財物，求您傳授！」

冷謙哈哈大笑說：「要是我貪心的話，便立刻破功，哪會有什麼法術！地球人啊，先學學放掉貪婪的心吧！若能如此，一切珍寶和法術，自然就會在你身上生起呢！」

給小朋友的貼心話

「神通遊戲學院」最基本的入學資格是「不貪心」，你覺得容易嗎？冷謙有了不起的法術，如果他起了貪心，法術會怎樣？

小朋友，「貪心」會讓自己的心被外在的東西所吸引，而忘了自己應該守的本分及規矩，這樣當然會活得不自在嘍！

神祕的擒虎將軍

小星星在夜空眺望著大地，他們覺得夜市的景色很美；五光十色的燈籠，琳瑯滿目的商品，摩肩接踵的遊客，好迷人呵！

有顆小星星好奇的指著一個清冷的角落說：「咦？那兒有枝旗子飄呀飄的，不知道是賣什麼的？」

千萬隻星星的眼睛眨呀眨的看著那寫著「鐵口神算」的旗子。不一會兒，有位氣質不凡的中年人走了過來——他就是城裡的首富、平常難得出來逛夜市的華員外。

「先生！我看你決不是平常人呵！」看到這個算命先生一表人才，員外好奇的詢問賣卜者。

「不！您言重了，我只不過是個算命的！」

「我正好想給全家人算命，是不是可以請先生到我家來？」

賣卜者委婉的推辭說：「我在外擺攤習慣了，怎麼好打擾員外呢！」

「不！不只是算命，我還有很多事想請教先生啊！」

員外再三懇求，賣卜者眼見推辭不掉，只好隨著員外返家。到了員外家，一坐下來，員外就招呼全家人向賣卜者行禮問候，並且要兒女們都拜他爲師。

賣卜者趕緊說：「員外，你太抬舉我了，我怎當得起員外府上的家庭教師！」

但員外卻堅持說：「先生，我不會看走眼的；請你把我家當你家，把我的子女當成你的子女，留下來教導他們好嗎？」

員外一再請求，連夜空裡的星星都被他的誠意感動了，賣卜者才勉強點頭答應。

這位相命師果然是好老師；他白天教孩子們讀書，夜晚則指著天象，細說星星的故事，並教導孩子們爲人處世的道理。孩子們書讀得好，故事聽得出神，教養也越來越好，一家人日子過得安詳快樂。

有一天早晨，住在郊外山邊別墅的員外弟弟，慌慌張張的奔了進來，上氣不接下氣的說：「大哥！不好了！不好了！」

「先別慌，把話說清楚。是什麼不好了？」

「虎嘯山的強盜下帖子到我家來了！」他將帖子拿給員外看，上面寫著：

下個月初一，三更天，我們虎兄虎弟要登門拜訪。請先準備好金錢財物，免得浪費我們的時間。

虎嘯山寨主人

員外嘆口氣說：「的確不好了！這些強盜眞是無法無天啊！幸虧我家有位貴人。弟弟啊，你放心的請教他吧！」

賣卜者瞭解情況後說：「這我非到現場看看不可！」

到了員外弟弟的大宅第，賣卜者繞著屋子觀察地形山勢，發現山邊吹著落山風，心生一計。他指著庭園一角說：「強盜一定從這裡越牆進來。請派些家丁緊急趕工，牆外加牆造成『落山風擒虎陣』！」

擒虎陣很快的完成了；內外雙層的曲折高牆形成迷宮巷道，頭尾兩端各有活動門，中間還有旋轉門。賣卜者把家丁分成好幾隊，把守重要的地方，尤其是擒虎陣的關口更精選勇士守衛。

初一當天，夜幕逐漸低垂之時，賣卜者便指揮家丁各就各位，請員外弟弟全家安心睡覺；他呢，便跟員外喝茶聊天，等待「貴客」光臨。

到了午夜，只聽見許多人急馳的聲音，由遠而近；接著炬火通明，照得別墅周圍像白晝一般。虎嘯山的強盜真的來了！

員外弟弟一家人怎能睡得著呢？一個個悄悄的起來從門縫偷看。只見盜賊揮舞著大刀蜂擁而來，果然衝向賣卜者預料的牆角，撞開板門踏入迷宮；把守的家丁眼看時機已到，便依賣卜者事先的吩咐轉動了機關。

突然，一陣落山風呼嘯襲來，把盜賊吹得東倒西歪，逼得他們不得不緊急後退；退到轉彎處時，關卡的門已經轉換

成通向陷阱了，盜賊在慌亂中一個個摔進了巷道盡頭的深洞。

這時，賣卜者從容的請員外兄弟一同出現在大門，看著家丁將這群盜賊綑綁起來，押到他們面前。賣卜者平靜的說：「請問山寨主人是哪一位？」

一個魁梧的大漢昂首闊步的站出來說：「既然落在閣下手中，要殺要剮，悉聽尊便！」

「不殺不剮，只要改過！知過能改，善莫大焉。」

賣卜者繼續說：「各位看起來個個都是好漢，應該為國家社會做有益的事，怎麼甘願淪為盜賊，受人唾棄？你們本來罪該萬死，不過，我卻想給你們一次自新的機會！」

在旁的華員外吩咐家丁抬出了一大箱銀子說：「只要各位改過，我願奉送一些安家費。」說罷，便叫家丁為強盜們鬆綁。看了看弟兄們的眼神後，首領朗聲說道：「兩位的大恩大德，在下沒齒難忘。我們這群弟兄發誓，決心放下屠刀、立地成佛；如違誓言，願受天打雷劈！至於華員外的好意，我們一個子兒也不能接受；從此以後，我們要靠自己的血汗錢維生。」說完，向員外兄弟及賣卜者抱拳行禮，山寨主人便帶著一群盜賊——不，是改過遷善的勇士——走了。

賣卜者在華員外家一待十幾年，子弟們的學問也突飛猛進，華家村更成爲詩禮之鄉，人人對不知名的賣卜者都非常敬仰。

有一天，賣卜者突然對員外說：「員外，感謝您這些年的照顧，明天我就要離開了，但願來生能再相會！」

「什麼？來生相會！你不是好端端的嗎？」

「死生有命，我能爲別人算命，當然也能爲自己算命。」

賣卜者泰然的態度，一點兒也不像訣別的人啊！只是，華員外一直都相信賣卜者的每句話，於是說出了埋在心裡已久的疑問：「先生，現在可不可以請教你眞實姓名和身分？」

「哈哈！這個嘛，我死後請看我腰帶裡的小錦囊就知道了。」

那個夜晚，天上的星星格外燦爛。天亮了，賣卜者竟然一覺不醒，離開了華家村所有敬愛他的人了。員外慎重的取下小錦囊，裡頭捲藏著一條白絲巾，寫著密密麻麻的字，可惜已經模糊不清。從中只知道他是鄭成功麾下的一員大將——威武擒虎大將軍，明鄭滅亡後

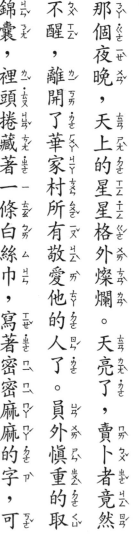

他就隱姓埋名，流浪民間，直到和華員外相遇。

華員外和村人依照賣卜者的遺願，將他葬在村東最靠近星空的山峰；因爲，大家相信他是天上的星星轉世，現在又回天上去了。

給小朋友的貼心話

你認識鄭成功嗎？他跟台灣有什麼關係？這位神祕的賣卜者給你怎樣的感受？

小朋友，寬恕比懲罰或報復更能令人爲善，讓這個世界更美好。

最有創意的洋洋

星星世界爲地上的小動物設立「創意獎」；經評審們看過諸星各自拍攝的紀錄片後，結果由小老鼠洋洋當選。那是觀察入微的斯萊星和斯樂星共同推薦的；因爲他們發現，洋洋發揮孝心的創意，眞的好教人感動呢！

小老鼠洋洋的爸爸病了，媽媽忙著照顧爸爸，不久後也累倒了。爸爸媽媽都躺在小小的洞裡，痛苦的呻吟。他們的身體虛弱，沒有力氣可以出去找東西吃；洋洋趕緊到小明家的廚房去，銜了些麵包屑和肉骨頭回來。可是爸爸媽媽都說：「唉！那樣硬的東西，我們怎麼吃得下呢！」

洋洋著急的問：「那麼，爸爸媽媽想吃些什麼呢？」

「唉！說了也沒有用，那些食物你是搬不回來的！」

「您們說說看嘛！我一定搬回來孝敬您們！」

爸爸這才有氣無力的說：「我們病得這麼重，只有吃新鮮的雞蛋才會好。」

聽了爸爸的話，洋洋想起自己小時候又瘦又小，身上的毛稀稀疏疏的，媽媽就說：「洋洋一定是營養不良，該帶他去吃個雞蛋補一補。」

那時候，洋洋跟在爸媽後面，躡手躡腳的到一個養著好幾隻母雞的雞棚旁邊，那兒有小明的媽媽堆放雞蛋的籃子。爸爸看四下無人，就爬上像一座小山似的雞蛋堆，然後猛力用後腳踢下一個蛋。「趴」的一聲，雞蛋掉在地上破了，露出橙色的蛋黃，像是早晨爬上山頭的太陽。

洋洋還清清楚楚的記得，那蛋黃又香又甜，含在嘴裡就融化掉了，吃起來眞舒服。此後，每隔三兩天，爸爸媽媽就帶洋洋進補一次。洋洋逐漸強壯起來，身上的毛閃閃發亮，眼睛也炯炯有神了。

可是，雞蛋的女主人也發覺洋洋一家老小的行爲了；某

一天，雞棚外面多了一隻喵喵叫的大花貓。媽媽告訴洋洋：「以後我們不要再吃雞蛋了，那大花貓是惹不得的！」

洋洋想著這些又甜蜜又驚險的往事，自言自

語：「我要去搬雞蛋回來孝敬爸媽，好讓他們早點兒恢復健康。」

媽媽聽了，慌忙阻止說：「孩子，不行！你去不得啊！難道你忘了雞棚外邊那隻大花貓凶惡的目光嗎？」

爸爸也說：「洋洋，你不要去冒險！縱使大花貓不在，你也搬不回雞蛋的。蛋又大又圓，銜也銜不住，滾動了又會破裂。萬一被發現了，不是白白送命嗎！」

洋洋恐怕爸爸媽媽擔心，所以不再提搬雞蛋的事了；但是，他悄悄的到鄰居小灰灰家去商量。

一個溫暖的午後，兩隻小老鼠悄悄的到雞棚裡偷看；籃子裡滿滿的一堆雞蛋，大花貓不在，母雞們正在打盹。

「我們怎麼搬回去？」小灰灰看見雞蛋又圓又大，不知怎麼辦才好？洋洋一聲不響，爬上雞蛋堆去，選了個又白又乾淨的蛋，趴在上面，緊緊的抱住，然後一翻身，連身體一起滾到地上去。洋洋的背先著地，四腳朝天，但是他仍然緊緊的抱住雞蛋不放。

「小灰灰快來！」

洋洋一邊搖晃著長長的尾巴，一邊急忙呼叫。聰明的小灰灰一看，就知道洋洋想到的辦法；於是，他咬住洋洋的尾巴，像拔河似的，把洋洋和雞蛋一起拖回老鼠洞去。

洋洋的爸爸媽媽在洞裡往外看，看見了自己的孩子和小灰灰搬雞蛋的精采畫面，感到又驚奇、又感動。

「啊！多聰明的孩子啊！」看完片子的星星們不禁感歎。

「多虧他們有一

片孝心，才會有這麼巧妙的創意！」

天上的星星看完了斯萊星和斯樂星拍攝的紀錄片，一致票選洋洋和灰灰爲「創意小動物」；而且也建議地球上的人們，從此不要再「過街老鼠，人人喊打」。

給小朋友的貼心話

小老鼠偷雞蛋的「創意」，眞是教人驚歎！

小朋友，大自然充滿許多特別的創意，人類有許多發明就是學習動植物的生態呢！留心觀察，說不定你也可以產生發明的好點子！

白米壺傳奇

神通遊戲學院的冷謙教授，對研究地球人心發生了興趣；他在四季如春的台灣東南西北走透透，而且可以自由的穿梭過去與現在。

有一次他來到基隆，發現有位員外不知道為什麼，總是悶悶不樂；夜深人靜時，他自個兒在花園裡望著滿天繁星自言自語：「星星啊！請問我到底怎麼了？為什麼快樂不起來？」

隱身在一邊看著的冷謙便小聲的告訴他：「員外啊！你是個守財奴、吝嗇鬼，怎麼快樂得起來！」

「那我該怎麼辦呢？」

「行善啊！散財助人，助人爲快樂之本啊！」冷謙鼓勵他。

「對！的確是這樣。我一生只管拚命賺錢，現在錢賺夠了，財庫滿溢，心靈卻空虛啊！星星啊，請問我該怎樣散財助人？」

「去請教媽祖婆吧！」冷謙說。

「對！從前媽祖婆保佑我海上行船平順賺了錢，現在當然也該到祂面前請教啊！」員外覺得星星的話一點兒都沒錯。他到媽祖仙洞來，洞裡又冷又暗；幸好，走了幾步，洞壁有個小小的縫隙，透進了一點兒微弱的光，像是天窗。

「這裡在白天也可以看見星星，窮苦人家常到這兒向星星傾訴，求天星賜福。」員外向媽祖祈禱：「對了！媽祖娘娘，以後若有人向您求米，就請您從我家米倉取米送給他吧，這樣就能讓窮苦人家獲得實際的救助了！」想到這兒，員外發現自己眞的快樂了起來。

年關將近，家裡有七個小孩嗷嗷待哺的拾荒男子，有一

天便跪在天窗前祈求一家溫飽。話才說完，竟然看見小小天窗流下了白白的東西；伸手接過來一看，他不禁驚奇的歡呼：「白米！是亮晶晶的白米啊！」

拾荒者把白米接下來裝在所有的衣袋、褲袋；口袋裝滿了，白米也停了。

「呀！夠一家三天的糧食和香噴噴的年夜飯了！」拾荒者高興的吹著口哨回家，情不自禁

的告訴左鄰右舍那些同樣貧苦的人們。

由於洞壁上的小洞就像一個壺口一般，從此，「白米壺」的消息就悄悄傳遍了基隆一帶的貧苦人家。奇怪的是，「白米壺」好像知道求米人家的人數，流出的總是夠那個人家三天的糧食，多求也沒用，也不能多掏。貧苦人家都知足自愛，努力工作，省吃儉用，真的有需要才會來仙洞。

從「白米壺」受益最多的是媽祖廟的管理員。他工作辛苦，又常常三餐不繼，更沒有辦法招待客人；自從有了白米壺後，問題就解決了。

其實，真正從「白米壺」受益的是員外自己；他發現，媽祖娘娘真的顯靈了！每當有人從仙洞裡拿到米時，他家的米倉便減少了同樣數量的米。

他感覺到，助人的快樂是無從形容的，星星向他眨眼道賀，每朵花都向他微笑，鳥兒向他啁啾。家人和鎮上的人，雖然都不知道「白米壺」跟員外有什麼關係，卻發覺他變了個人，從無情吝嗇的守財奴，變成笑口常開、和藹可親的長者了。爲什麼會這樣？沒人知道，只有冷謙跟星星清楚。

有一天，媽祖廟裡來個叫王祿仔的人，跟管理人聊天，知道了「白米壺」的奇蹟，不由得大聲說：「唉呀！你真是笨透了！發財的機會難道不會掌握？」

「發財？怎麼發財？」

「我問你，那白米壺會流出白米不是一兩天，也不是一兩個月的事吧？」

「已經好久了！」

「這就是說，那岩石洞裡一定藏著很多很多的米。我們爲什麼不一次把它挖出來賣掉，這樣我們不就發大財了嗎！」

「不行的！那是神仙的恩賜，怎麼可以貪心呢！」

「傻瓜說的果然是傻話，世間上怎麼會有這樣的神仙？

來！你只要告訴我白米壺在哪裡就好，發了財我會分你一半。」

「不！我不敢。」

「哼！不用你帶路，我自己也找得到！」

王祿仔很快的找到了白米壺。他掏出一把銳利的尖刀，用力的挖了起來。縫隙被挖大了，果然流出了比平常多一點點的米，但很快就流盡，再也流不出什麼東西了。

冷謙看見了一切，感嘆人心眞是千種百樣啊！他決定告訴天上所有星星，從此更用心祝福地球上良善的人們，心靈充滿快樂。

給小朋友的貼心話

白米壺的白米是哪兒來的？爲什麼說白米壺眞正的受益人是員外自己？王祿仔貪得無厭的結果是什麼？

小朋友，雙手拿滿了糖果，若還想再拿，可能連手中的糖果都掉嘍！做人不要太貪心，才能知足常樂呵！

星星世界來的善三

「神通遊戲學院」並不是誰都可以入學的，除了不貪婪、肯犧牲、願奉獻外，更要勤學耐勞、百折不撓。善三是天上的一顆星，為了取得入學資格，便到地球的台灣歷練一番。

那是鄭成功驅逐荷蘭人後，在南台灣開疆闢土的時期；從南投縣國姓鄉到雙冬鄉，需要沿著河岸陡峭的懸崖，爬山涉水、千辛萬苦才能到達。善三下凡投胎到當地一個平凡人家，長大後成為國姓鄉裡一個誠實節儉、勤奮工作的人。

雖然變成人類，但善三一直沒有忘記來到地球的目的。他眼看兩鄉之間往來，不僅辛苦，更有生命的危險，因此發願修築一條安全順暢的道路。善三平時就熱心公益，是公認的大善人；可是，要從事那艱難的工程，卻教人相當驚訝。

首先，他動用積蓄，雇用工人又挖又鏟又挑的，把原先狹窄崎嶇的山路拓寬、鏟平，溪谷上也架了橋，陡峭的路段也設了階梯；可是，這條路上卻有一塊巨石盤踞，就像固若金湯的城堡，傲然阻擋去路。行人來到這裡只能冒險攀爬，但巨石狀如牛背，滑溜溜的，攀爬的人一不小心就會滑落山谷，粉身碎骨。

工人們在這裡很危險，有一次竟然發生了意外命案。善三花光所有家產撫恤，但所有工人都害怕了；何況，他們眼看善三再也沒有錢了，因此一個個悄悄的走，只剩孤零零的善三一個人了。

善三送走所有工人，但他的決心毫無動搖。他繼續拿起斧鑿、緊握鐵鎚，一小片一小片的鑿著巨石。他對天發誓：「我要把我的一生一世賭注在這一塊巨石上，不管它是神是鬼，我都要把它鑿平，至死不休！」

善三每天吃著媽媽送來的粗茶淡飯，喝著山泉，一鑿一斧，日夜不休的對抗巨石；累了睏了，停下手歇息，醒了便

繼續動手工作。

有人說：「善三瘋了！」

有人說：「他夜夜跟天上的星星綿綿細語，他是不是星星世界來的？要不然怎麼跟我們大不相同？」

或許是的。善三聽媽媽說過，當他出生時，隨著他強有力的哇哇大哭，忽然從夜空飛來一顆星星，悄悄的掉

在善三懷裡；果然，這孩子就平安健壯的長大。

善三爲了誓願，日夜不停的揮動斧鑿。每當他累得全身無力時，就眺望夜空，讓一顆熱切行善的心跟天上的星星相照映；不知不覺間，他全身閃閃發光，就像充了電似的逐漸恢復體力。

一年的時間很快的過去了，兩年的時間也悄悄的過去了，善三還是不停叮叮噹噹的鑿著，人們已經懶得去注意他了；只有相信兒子是星星世界來的媽媽，每天一樣的爲他送飯菜。

有一天，有個人好奇的到山上看看善三到底怎樣了？他驚奇的發現，巨石已經被鑿碎了一大半，可以單向行走了。這個人又感嘆又佩服，不禁大聲說：「善三啊！你果然是天上來的星星，要不然怎能做出這種非一般人所能做到的偉大工程呢！」

消息傳開，國姓鄉和雙冬鄉民那嘲笑的聲音都變成了讚美聲，也覺得感動不如行動，一個個自動參與鑿石的工作；不到半年，整塊巨石都被敲得粉碎。

山路開闢成功了，兩頭的鄉民歡欣鼓舞的熱鬧慶祝。歡樂之際，卻有人發現善三不見了，大家的歡喜立刻變成憂心；因為，善三已經是一文不名的窮光蛋，不知會不會想不開？

當大家慌張的跑到善三家查看時，看見他母親手裡捧著一個巨大、發出如星光般璀璨光輝的寶石。首先到達的人詫異的問：「阿婆，您手上的是什麼寶貝？怎麼會有這東西？善三他人呢？」

善三的媽媽指著繁星閃閃的天空說：「善三果然是星星世界來的。

他回去了，這是他在巨石底下發現的石頭，說要留給家人做爲傳家寶。」

「善三回天上了啊！阿婆，您得好好保存那寶石，讓我們可以隨時來瞻仰，懷念善三的偉大啊！」

從此，善三的家人夜夜仰望星空，尋找著哪顆星星是善三。其實，這時善三已經得到冷謙教授的推薦，進入嚮往已久的「神通遊戲學院」了。

給小朋友的貼心話

爲什麼有人說善三瘋了？他爲什麼日夜不停的揮動斧鑿而不覺厭倦？

小朋友，有很多看起來困難的事情，需要的只是毅力。拿出你的毅力去面對困難吧！

錢櫃奇案

那是漢人陸陸續續來到美麗寶島的時候，天上的星星，每天夜晚還是跟以前一樣，眼睛眨呀眨的仔細觀看著大地的一切。

「咦？那不是淳樸可愛的平埔族少年阿木嗎？怎麼寂寞的坐在井邊哭個不停？」斯萊星詫異的說。

「他因爲繳不起學費不能上學，所以傷心的哭泣。」斯樂星很聰明，什麼都知道。

「奇怪？平埔族不是把土地租給漢人，坐收『番大租』嗎？錢櫃裡的錢應該不斷增加，阿木怎麼會繳不起學費？是不是他爸爸酒喝得兇，把錢花光了？」

「不是的，最近沙鹿地區的平埔族家裡，都發生莫名其妙的怪案，每個收成的季節，漢人都會送來一斗斗發亮的銅錢，直接倒進錢櫃；可是，櫃子裡的錢卻不增反減，害得每一家平埔族都窮得三餐不繼，怎能給孩子上學！」

「嗯！我們得用心觀察一下，看怪案到底是怎麼發生的？」斯萊星和斯樂星兩兄妹扮起小偵探，悄悄進入阿木的夢裡去，因而知道了阿木家發生的事。

前年春天，一個涼爽的傍晚，阿木家來了個漢人，跟爸爸喝酒聊天。

「老兄，你的田地租給我吧！流汗操勞我來承擔，快樂打獵你去享受，我會按季付給你白花花的錢呵！」

「多少錢？」爸爸愛喝酒，知道有了錢就可以時常醉醺醺。

「你有十甲地吧！租金一季一斗銅錢，穀子收成時就給你；這樣一來，你就可以翹起二郎腿，無憂無慮的過好日子了。這就是『采田福地』的好制度，你懂嗎？」

「什麼制度我不管，我們講話算話就是了。一言爲定！」

爸爸和漢人爽快的對答使阿木樂不可支，情不自禁的從後門溜出去，想把好消息告訴要好的朋友阿水。才踏出門，就看見阿水也急忙往這裡跑，竟然是阿水先開口說：「阿木，我爸爸剛才跟一個漢人說好，十甲地一季一斗銅錢租了出去呢！」

「我爸爸也是。」兩個少年雀躍歡欣；以後不用耕田，可以親子共享狩獵的樂趣了。

白花花的錢幣果然很快的送來了，每一枚都在發亮，是用木製的標準量器——斗仔盛得滿滿的。

「藏在哪兒好呢？對！做個錢櫃。每季都有銅錢收入，櫃子可不能太小呵！」兩家的爸爸——不，是所有平埔族地主，都不約而同的製造了大錢櫃。其實，他們並不貪多，只要聽著白花花的銅錢入櫃，就覺得自己富甲天下了。

不久之後，租田地的漢人又來了。一見到爸爸就一邊恭維、一邊請求說：「潘大富翁您好！小弟這些日子手頭很緊，可不可以向你借些錢？我會算給你優厚的利息啦！」

「多優厚？」

「你借我一平斗，我還你一尖斗，那尖出來的就是利息。」

「好！一言爲定！」爸爸和漢人都爽朗的哈哈大笑。

好多平埔族人都成了「銀行家」，天天快樂的「親子共獵」，奔馳在森林、溪邊、山坡，野營、烤肉，其樂融融，歡喜無窮。

「嘿！有錢眞好！恭喜啊！」

「彼此！彼此！」

阿木的爸爸和阿水的爸爸，每次見面都互相道賀。有一天，阿木的爸爸心血來潮，掀開錢櫃想痛快的觀賞一番。可是，才一掀開，「天啊！」爸爸突然驚慌的尖叫起來：「錢呢？我的錢呢？怎麼只有一點點？阿木的媽，是不是妳用掉了？」

「沒有啊！我從來不去碰它的！」

阿木覺得很奇怪，從前他曾經悄悄掀開來看過，明明有半櫃的銅錢啊？這時候，阿水慌慌張張的跑過來了，他家一樣發生銅錢平白失蹤的情形。他們講起其中的過程，不禁全身發毛，驚恐的說：「有鬼！鬼搬走了我們的錢！」

似乎部落裡有田地的人都發生了錢櫃奇案。可是，平埔族人安逸享樂慣了，錢不夠用就向漢人借；幾年下來，債台高築，阿木和阿水家連三餐都成了問題呢！

斯萊星和斯樂星瞭解了來龍去脈，便從夢中鑽進了阿木和阿水的心中，讓他們變成充滿智慧的小偵探。兩個少年聚在一起商議：「我們先想想，有什麼可疑的人、事、物？」

「人嗎？只有跟我們來往的漢人。」

「漢人送來的銅錢都好端端的倒進櫃子啊！借的時候是清清楚楚的，還的時候也是裝得尖尖的，有足夠的利息啊！」

「不過，你不覺得奇怪嗎？為什麼漢人還錢時，都選擇我們吃晚飯的時候？還客氣的說『吃飯皇帝大，我來倒銅錢就好！』」

「對啊！爲什麼他們要自己倒錢？」

「我們明明看到尖尖的一斗呢！」

「斗仔有問題！」

「不會吧？倒了之後還拿到我們面前哩！」

「我想到了！那些漢人尖尖的一斗，一定是把斗仔倒過來裝的！」

「哦！原來如此。我們先不要做聲，等待時機當面捉個正著，讓漢人的詭計不能繼續得逞！」

星光初露的傍晚，當阿木和阿水家在吃晚飯時，漢人又來還錢了。

「讓我看看斗仔！」兩個少年採取同步動作，漢人眼看詐術就要被揭穿了，三步併做兩步，飛快的掀開錢櫃要把錢倒下去；可是，少年的動作更快，已經穩穩的頂住了斗仔。

「哈哈！果然是倒過來的，原來你把底部當斗仔的正面啊！」

星星在夜空閃爍的笑著，爸爸媽媽也笑得噴飯。

漢人搔搔頭，有點難爲情的說：「黑暗中看錯了，眞對不起！」

「以後不要弄錯就好了！」爸爸還是一樣豪邁的說。

沒有責備，沒有怨恨，也不在乎賠償，阿木和阿水家人都心平氣和的看著漢人紅著臉走回去。

天上的星星都是心寬念純、無比善良的人變成的，也就是像阿木和阿水他們那樣的族群。至於狡猾的漢人，若想成為天上的星星，還要加把勁啊！

斯萊星和斯樂星感慨萬千的回到星星世界，繼續觀察大地的一切。

給小朋友的貼心話

平埔族人錢櫃裡的銅錢爲什麼不增反減？兩個少年偵探如何偵破這起奇案？平埔族人遇到這樣的事，他們的態度如何呢？

小朋友，爲了利益欺騙別人，其實也是在欺騙自己的人格，會讓自己羞愧不已呵！

愛的裁判

神通遊戲學院冷謙教授游走台灣，時光設定在清朝嘉慶年間。他心想，這回就來看看地方父母官是怎麼辦事的吧！冷謙來到諸羅縣，聽說縣長宋永清很有學問，就化身衙門差役暗中觀察。好極了！就在化身當天，恰巧縣裡發生了一件奇案。

劉娟娟是劉員外的掌上明珠，聰明伶俐，四五歲就吵著要上學。從前女孩都留在家裡學家事，哪能讀書呢！可是，劉員外拗不過好強的女兒，也就答應了。

娟娟在書塾認識了家境窮苦的趙義，相互勉勵，相互憐惜，並在某個星光燦爛的夜空下互許終身。

趙義不負期望，十八歲就中了秀才，前途似錦。當他倆憧憬著未來時，突然發生了難以忍受的青天霹靂。

首先，員外夫人聽了媒婆王媽的三寸不爛之舌，答應把娟娟嫁給王姓高官的公子——游手好閒的王文貴。更糟的是，員外也在另一個媒婆蔡媽的花言巧語下，答應把娟娟嫁給鎮上最有錢的江家少爺江得財。

那天早晨，縣衙門口的大鼓鼕鼕大響，跑進了哭喪著臉的青年王文貴。他直喊著：「冤枉啊！老爺，我要告狀！」

宋縣長一聽鼓聲，立刻升堂問案。王文貴說：「老爺啊！請您替我主持公道。我家有錢有勢，應該娶到漂亮的新娘才對啊！媒婆也替我找到眞正美麗的姑娘了，可是……」

王文貴嚎啕大哭，說不下去了。

「可是怎麼了？」宋縣長問。王文貴這才繼續說：「娟娟的媽媽跟媒婆說好了，我爸媽也準備好一切；可是，我迎親時卻遭到拒絕。老爺！你說冤枉不冤枉？」

「嗯！這一定傷了你的心吧！待我先瞭解詳情再判決啊！」

這時，門口大鼓又鼕鼕大響，倉卒跑進來的是江得財。他氣急敗壞的說：「冤枉啊！大人！劉員外說好把女兒娟娟嫁給我，可是當我家浩浩蕩蕩的大隊人馬抬著花轎迎親時，卻吃了閉門羹。大人啊！請主持公道！」

「荒謬！快傳劉員外夫婦，我要問個清楚！」

員外夫婦來了。夫人畏畏縮縮的說：「老爺！我錯了。我之所以答應王家的婚事，是因爲他父親是當大官啊！跟大官結親家是我的願望，哪知這是錯的！」

員外更是害怕得結結巴巴：「老爺！我照實說。只因那江得財是大富翁的兒子，跟富翁結成親家才是門當戶對啊！老爺，我這樣做有錯嗎？」

宋縣長聽了，指著員外夫婦說：「這樣說來，你們夫妻一個愛權勢，一個愛財富，所以一個女兒答應嫁給兩個人了。眞是天下奇聞，也是天下醜聞！」

就在人人搖頭嘆息時，門外大鼓又響了，急步進來的是個斯文清秀的書生。

「老爺，對不起！擾亂了您的審案。」書生說罷又面向劉員外夫婦行禮說：「伯父、伯母，我是趙義，跟娟娟早有月下之盟——不！是星夜之約！」

宋縣長早就聽說趙義是個好學的青年，何況同是喜愛星空的人，因此，打從心底湧上一股「愛才」的念頭。不過，這案怎樣判才能教人心服口服呢？縣長閉起眼睛沉思，隱隱約約看見夜空的繁星在眨呀眨。

「眨呀眨……對了，詐呀詐……詐死！」縣長靈光一閃，大喝一聲：「傳劉娟娟來！」

娟娟走進大堂，果然是美如天仙的女

孩。縣長卻怒氣沖沖的提筆寫了一張紙條，叫冷謙化身的差役遞給娟娟，然後怒斥：「大膽劉娟娟竟敢詐婚，押下大牢去！」

劉員外夫婦聽了淚流滿面說：「老爺！放過我女兒吧，都是我們老的糊塗啊！」

趙義也跪下來求情，而那王文貴和江得財呢？兩人都呆若木雞，不知所措。不一會兒，差役跑過來慌張的說：「老爺，那劉娟娟羞愧的咬舌自盡了！」

聽到差役的話，員外夫婦跟趙義都不禁痛哭失聲。縣長面色凝重的對堂下三個青年說：「你們都愛劉娟娟，至死不渝嗎？」

王文貴和江得財這時卻口徑一致的說：「怎麼可以娶死人呢！」

只有趙義深情的說：「我和娟娟的愛超越了生死，不管怎樣我都要娶她！現在請讓我到娟娟身邊去吧！」趙義一到衙門後房，看見的卻是好端端等在那兒的娟娟。原來，縣長的手令是：「劉娟娟，請詐死，本官自有主張。」

冷謙很高興有情人終成眷屬，也很滿意這位縣老爺的表現。每當宋縣長在星星閃爍的夜晚仰望天空時，都會從星星世界爲他祝福。

給小朋友的貼心話

員外及夫人爲什麼把女兒娟娟分別許配給兩個人？

縣老爺怎樣使趙義和娟娟這對有情人終成眷屬？

人間最美是溫情。小朋友，人與人之間的情意才是最貴重的啊！

粉身碎骨術的傳說

「粉身碎骨術」，這是什麼學問啊？多可怕！請放心，這是「神通遊戲學院」妙用無窮的課程啊！

原來，天人往來星球之間，可以瞬間到達：他們先使出「粉身碎骨術」分離成原子，搭乘川流在光線間隙、比光速快千萬倍的「無形溜光鬚」到達目的地，然後再用「整形重構術」恢復原來的形體。

哇！好讓人羨慕的神通啊！可是，快樂學習的校園，也有像「聞香學系」的阿貴那樣不長進的「掃把星」，成績單發下來滿堂紅，「落第」了。星星世界的「落第」可眞慘，是得「落到地上」投胎啊！阿貴被安排出生在中國閩南地區的一個貧苦家庭，父母養不起，便送去農家的叔叔那兒當長工。

當長工的阿貴，偶爾會想起自己好像學過了什麼「聞香功」，只要左鄰右舍誰家煮著好吃的，一聞就知道，便大搖大擺的走過去打招呼；附近的主婦總是說：「阿貴眞是好鼻師啊！」

阿貴想：「我是好鼻師，該用鼻子幹一樁轟轟烈烈的事啊！」他又自言自語：「我天天被叔叔使喚，可是叔叔卻把我看得比牛還不如；不！連犁都不如。嘿！嘿！我就……」

阿貴趁著叔叔不注意，悄悄的把田邊的犁，拋進水草搖曳的池塘去了。叔叔丟了犁，急得像熱鍋上的螞蟻。有個阿婆說：「好鼻師，還不替叔叔聞出犁頭在哪兒！」

阿貴心想：「計策得逞了，可惜我不是真的好鼻師。咦？我怎麼記得好像有這樣的一所學校，教人家聞出各種氣味？如果有那種學功夫的學校，我一定認真用功，決不『落第』！」

阿貴似乎記起了什麼；不過，現在沒有真本事的他只得裝模作樣，挺起鼻子嗅呀嗅，走到池邊，然後若有其事的用力一嗅，大聲說：「水裡有叔叔那把犁頭的氣味！」

叔叔果然從池塘裡的水草叢中，撈起了他可愛的犁頭。「阿貴眞是好鼻師啊！」消息很快的傳遍了村裡村外，連天上的星星也聽到了；學院的「聞香學系」一查，竟是「落第生」阿貴幹的好事。

有一天，皇帝的玉璽無緣無故不見了，令宮中一陣騷動。皇帝遍找不著，只好在全國貼出布告：「誰能找出玉璽就給重賞！」

叔叔一聽到消息，馬上把阿貴推薦給官府。阿貴萬萬沒想到事情會演變成這樣，嚇得膽子都差點兒破了，可是又不能不跟著使者到皇宮去。

一路上，他就像被帶上屠場的牛，垂頭喪氣，欲哭無淚。當他路過小溪旁，看見溪水乾涸了，幾隻小魚和小蝦，在小水灘裡翻滾掙扎，就想：「我的命運不就像那些魚蝦嗎？」不禁心酸的嘆著氣說：「小魚呀，小蝦呀，該死！該死！」

想不到，才一說完，護送阿貴的兩個使者，突然滿臉驚恐，向阿貴跪下哀求說：「大善人啊！請救救我們的命啊！我們不敢瞞您了！」

原來，這兩個使者雖然是宮中武士，但並不是高手，只能算是小角色，所以一個的外號叫「小魚」，另一個叫「小蝦」。被搞糊塗的阿貴，詫異的問：「這是怎麼一回事？」

「是我們偷了玉璽，丟進了後花

園的水井。不過，我們都是被奸臣所脅迫使喚的，求求你放過我們！」

阿貴瞭解了，覺得自己眞是福星高照。他故作鎮靜的說：「你們只要一切坦白，我就不說出是你們做的事。」

一到宮殿，阿貴大搖大擺的東嗅西嗅，嗅遍了宮殿，走過了九龍壁旁邊，然後朝向後花園嗅去，指著宮中唯一的水井說：「好香呵！果然是玉璽的氣味啊！」

國王找回了玉璽，抓到了奸臣，高興的問阿貴：「你要什麼獎賞？」

就在那一瞬間，阿貴想起在神通學院的一切了！因爲阿

貴立了功，所以學院讓他恢復了記憶。

阿貴想，回學校繼續修習的機會來了，立刻興奮的說：「啟稟皇帝！請給我一把龍鬚。」阿貴依稀記得，回天上需要用龍鬚連接「無形溜光鬚」呢！

「什麼龍鬚？宮中有這樣的東西嗎？有就賞給你！」

「九龍壁上有！」阿貴早就看見了。

龍鬚整把的拿來了，阿貴將一根根的龍鬚接起來，在眾人歡送中爬上天去。阿貴爬呀爬的，快到天上了，這時卻發現還差一截才連接得上溜光鬚，就聲嘶力竭的大喊：「快！再給我一根相添！」

沒想到，閩南語的「相添」聽起來跟「燒天」一樣。「什麼『燒天』？是誰這麼大膽！」正在天上巡邏的雷神一看是阿貴喊的，便對準阿貴猛力一擊，可憐的阿貴頓時粉身碎骨，變成一隻隻小螞蟻。

還好，這些螞蟻都是「好鼻師」，找食物沒問題！不過，牠們卻夜夜仰望著星空，盼望回「神通遊戲學院」學完所有的功課呢！

給小朋友的貼心話

爲什麼阿貴有「好鼻師」的外號？他怎麼會變成螞蟻呢？你覺得這故事特別有趣的情節是哪裡呢？

小朋友，一時的僥倖並不能帶來眞正的成功，還是要腳踏實地的努力才行唷！

星星祝福的少年

星星散發著光彩，在夜空裡遊戲。他們雖然玩得開心，舞姿和步履那麼輕盈，嘻鬧和笑聲也那麼細巧；可是，他們仍然怕把熟睡在森林的鳥兒吵醒，也怕使蜷縮在葉子裡的蟲兒不安，更怕專注在功課的孩子們分心。

星星閃耀著溫柔的微光，不但要祝福父母疼愛的孩子，也要關心失去母愛的不幸兒童，他們一心想幫助窮苦人家的孩子。

「那是哪家的小孩啊？一身襤褸，好像小乞丐似的；枯黃的臉色，餓扁的肚子，彎腰駝背的好可憐呵！」

傍晚時出現在星空的斯萊星，透過夕陽西沉後的微弱光芒，看到寂靜的街道上有個少年歪歪斜斜的走著；疲憊的步伐，無力的眼神，引起斯萊星的關懷。他，是個舉目無親的孤兒，名叫「阿桂」。

阿桂雖然穿著破舊，雙手卻捧著一支小小的金釵；那是相依爲命的奶奶死前給他的。奶奶說：「我的小孫兒啊！我們什麼都沒有了。這是奶奶的嫁妝，一直留到現在，奶奶再也用不著了；如果有一天你沒飯吃了，就拿到當鋪換些錢吃飯，好好的活下去！」

過了幾天，阿桂已經餓得受不了，就到街頭的「富貴當鋪」典當金釵。老闆接過金釵輕蔑的說：「哼！是銅的，又不是金的，掉在地上都沒人撿。你到別家去吧！」

可是，城裡只有這家當鋪，別無分號，少年已經沒力氣再找了，只得可憐兮兮的哀求：「奶奶說可以換錢吃飯的。請好心的老闆幫幫忙，我已經餓了好多天了！」

「我又不是開救濟院的，求我有什麼用！」

「等我長大，我會還錢的！」

「哼！你啊，等不了的！不要變成路旁的無名屍就夠好命的了，還想長大！」

ㄉㄜ˙ㄉㄜ˙　ㄏㄞˊㄒㄧㄤˇㄓㄤˇㄉㄚˋ

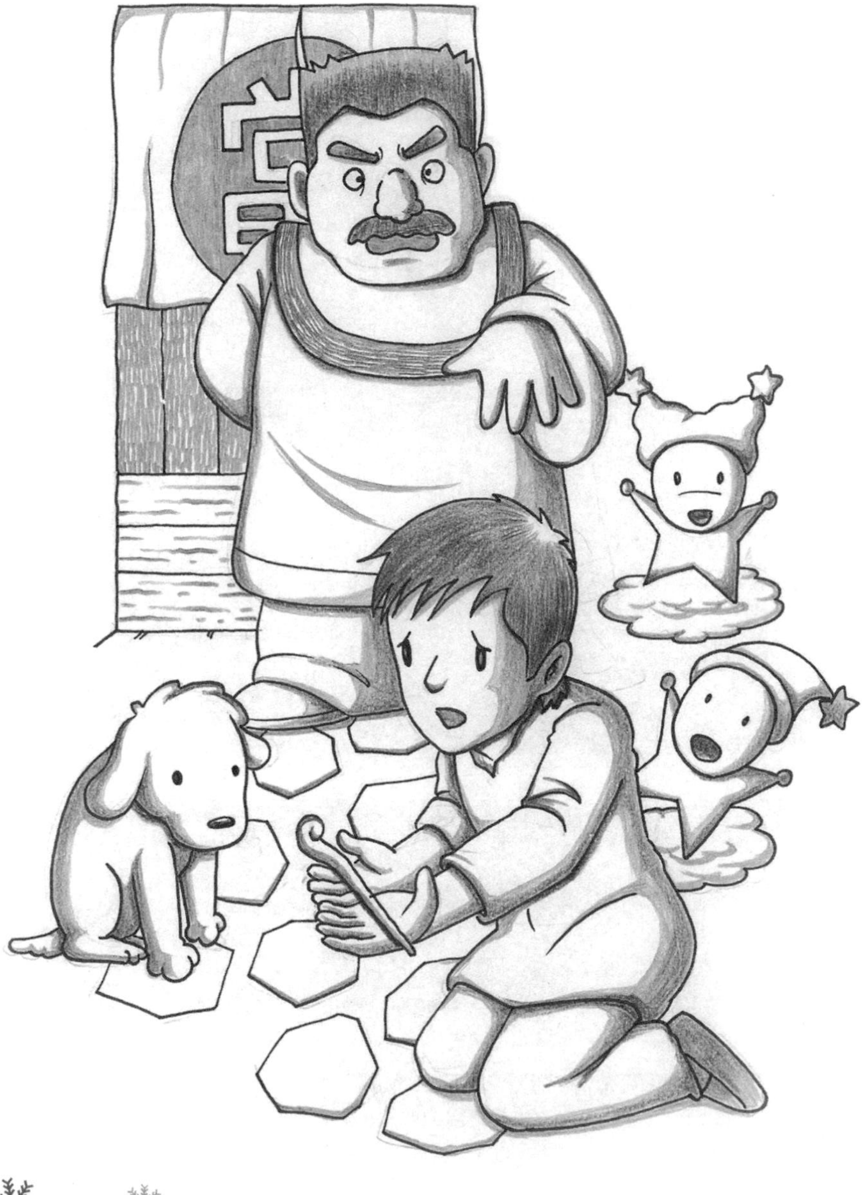

當鋪老闆說得好惡毒啊！阿桂看著老闆邪惡的嘴臉，不禁憤憤的回話：「不要小看我！我一定奮發圖強，努力向上，將來也要開家當鋪，幫助窮苦的人；窮人就算拿死狗來當，我都會給錢！」

「哈哈！乞丐發大願，笑死人呵！」

阿桂忍著淚走了，孤單的身影慢慢的在星光下移動，斯萊星和斯樂星把一切都看得清清楚楚。

「好可憐的孩子啊！我們來幫他發財吧！就在不遠處的荊棘叢裡不是有一甕黃金嗎？」

「不！財寶毫不費力的就從天上掉下來，會害他不懂『一分耕耘，一分收穫』的道理，也不能體會努力工作的必要，更不能瞭解人生的意義啊！

「對！先讓荊棘絆倒他，讓他發現這是一塊可耕之地，經過一番辛勤耕耘之後才能夠挖出荊棘底下的財寶。」

「就這麼辦！」

阿桂餓得快支撐不下去了，看見眼前繁茂的叢叢荊棘，不由得加快腳步向前。「那不是結紅色果子的荊棘嗎？雖然澀得難以入口，卻可以止渴充飢。」阿桂摘下荊棘的果子當作食糧。

溪邊一片荊棘，四周亂石堆積，明明是沒人要的荒地，

卻有著野果、魚蝦、甘泉呢！阿桂很喜歡這裡，心想：求人不如求己！於是決心披星

戴月、披荊斬棘，把荒地拓成田園。鄰近的農家很佩服他的勇氣和毅力，不管是種子或耕作的技術，都主動提供協助。

幾年後，溪邊原本荊棘滿布的荒地，已經是青翠美麗的田園了；而且，因爲泉水甘美，農作物特別美味可口，城裡的富有人家格外喜歡。逐漸的，「阿桂長壽米」及「阿桂健康果蔬」，成了名聲遠播的熱門農產。

少年阿桂很快就積蓄了一筆不小的財富。他念念不忘的是，爲窮困的人們開一家不用貴重的抵押品就能借到錢的當鋪。

「阿桂當鋪」開張後，果然造福無數告貸無門的困苦人家，尤其是沒錢繳學費的貧寒優秀子弟們。

「富貴當鋪」的老闆聽到這個消息，既妒忌又好奇，又想起了從前阿桂說過的：「就是拿死狗來當，都會給錢！」有一天，他在包袱裡裝著已死的流浪狗，扮成窮人到「阿桂當鋪」去。

阿桂直截了當的問：「你這東西想當多少錢？」

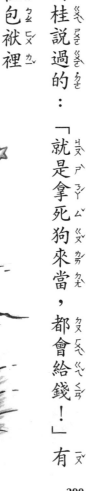

「十兩黃金！」當鋪老闆獅子大開口，還在心裡偷笑呢！

阿桂心想：「我的諾言就要實現了，再多的錢都無所謂啊！」於是，他滿臉喜悅的收下包裹，鄭重的用雙手捧著十兩黃金，交給遮遮掩掩的富貴當鋪老闆，還恭送他走出大門。

阿桂回過頭來，慎重的抱起死狗說：「眾生平等，都有尊貴的生命啊！」於是，他請來法師，誦經念佛超度，把死狗安葬在田園一角。當阿桂下鋤挖墳坑時，忽然匡噹一聲，挖到一個陶甕；阿桂打開一看，甕裡是滿滿的黃金。

「哇！阿桂，好心果然有好報！」在場的法師和幫忙的人都歡天喜地的祝福。

「是啊！是上天要我繼續做更多好事才賜給我這些財寶吧！從今以後，行善的責任就更加沉重了，希望大家幫我啊！」

「當然！當然！助人行善，義不容辭！」

「富貴當鋪」老闆知道了自己送去的死狗，竟然為阿桂帶來龐大的財富，很後悔自己的所作所為。從此之後，兩家當鋪一盛一衰，「阿桂」飛黃騰達，「富貴」消聲匿跡。

星空裡的斯萊和斯樂星看了，不禁快樂的眨了眨眼，滿臉歡笑。

給小朋友的貼心話

「富貴當鋪」老闆是怎樣對待阿桂的？阿桂許下什麼大願？他的願望是怎麼實現的呢？

小朋友，不應該因對方貧窮便瞧不起人，也不應因對方富有便巴結奉承；若是笑貧愛富，其實是對自己最大的輕視啊！

天蠍之火

神通遊戲學院的優秀資深教授冷謙，騎著白鶴悠然的回到星星世界，向院長報告地球的近況，話題總是繞著地球的人心。「唉！試探人心，大失所望！連那老實的張英，一見到黃金，貪婪之火立刻燃起，人的欲望眞是無窮盡啊！」

「冷教授，你不能一竿子打翻一船人啊！不貪婪的地球人也不在少數呢！」

「不可能！就像那國王，搜括人民的財寶裝滿了倉庫，還想用金子買通我，妄想學習神通！他哪裡知道，神通遊戲要以不貪婪、放下一切自私做為基礎，學成了還要以犧牲奉獻為目標呢！」

「對！所以我們的校徽是有著一顆火紅的心臟、燃燒自己照亮世界的天蠍星座。冷教授，我相信地球上也有懷抱這種精神的人啊！還是請你舊地重遊，尋找具有眞正愛心的人，把我們星星世界的祝福送給他們，免得我們每顆星都快樂不起來。」院長懇切的說。

「好吧！我再走一趟就是了。這回仍然到台灣吧！天上一日、地上一年，現在的人間應該跟以前大不相同；只是，人

性是很少變化的吧！」

冷教授這次到台灣中部山區的一個小鎮當起小學老師。冷老師有個學生叫張志鴻，從人跡稀少的山村走下山來讀書；直到國中，他每天上學都要走上一個多小時。同學們驚訝的是，志鴻在路上花那麼多時間，又沒上補習班，成績怎麼會一直好得不得了？

這祕訣志鴻自己知道。山村寂靜，沒有聲光紛擾的汙染，定下心讀書，頭腦清晰，效果百倍。夜裡作業寫累了，打開窗子看看星空，星星眨著眼跟你談心，給你勉勵，不像城裡的孩子是被逼著讀書，心神恍惚，聽而不聞，視若無

睹。

志鴻特別喜歡在晴朗的夜裡眺望銀河系那茫茫的水域。「啊！河的彼岸，火紅的那一顆星是什麼呢？」志鴻盯著那顆如燃燒的紅寶石一般的星星發出驚嘆。

志鴻查看星座圖。原來，那是「天蠍的心臟」！在中國則叫做「心宿二」。蠍子，不是毒蟲嗎？是原野上的恐怖分子啊！志鴻記得學校裡的神話書裡寫著：蠍子一向兇猛的捕捉小昆蟲維生。有一天，牠被天敵鼬鼠追得無處可逃，退到一口井旁邊；當鼬鼠撲過來的時候，蠍子只好跳下水井，溺在水中掙扎。那時，蠍子努力祈禱：「神啊！原諒我從前的自私，我一生不知吃下多少小蟲；可是，當我必須成為別人的食物時，卻拚命逃跑，終究難免一死。神啊！求您不要使我的軀體白白消失，請您把我使用在對這世界有價值的事情

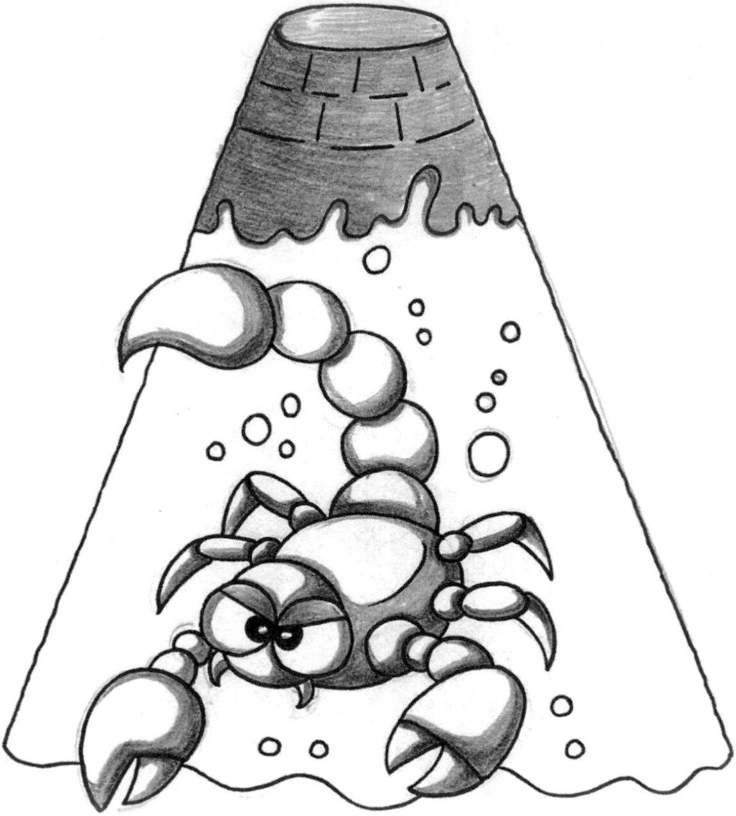

上。」

於是，蠍子整個燃燒了起來，牠的心臟便像一顆放出熾熱火光的寶石，加入了星星世界的星座。

志鴻想，一隻小毒蠍也知

道燃燒自己、照亮別人，何況是人呢！於是，他努力讀書，成爲「山村狀元」，一路順利的念上高中，再上大學，甚至要出國留學。這一切都是爲了將來燃燒自己儲存更多的能量啊！

志鴻通過了留學考試，爸媽也省吃儉用的準備好了學費，光明幸福的氣息洋溢在一家人心中。可是，九二一大地震這個青天霹靂，讓一家人的美夢破滅，一切都歸於虛空，就像掉入深井中的蠍子在傷痛中掙扎，爸媽療傷花光積蓄，房屋也成廢墟，山田也成荒山。

苦難中的志鴻想起了小學時代的冷老師。他時常勉勵同學們：「吃得苦中苦，方爲人上人」，還常要同學們若有困難儘管去找他，他一定盡力幫忙。

於是，他懷著些許希望去探訪老師；冷老師二話不說，便答應支援他一百萬元的留學費用，還大方的說不用還他。

志鴻不負所望，在美國學業有成。畢業後，朋友羅致他就職高薪工作，很快的便賺到一百萬元。志鴻本來想立刻匯回台灣還債，雖然冷老師說不用還；但眼看當時美國的高科技產業氣勢如虹，仔細想想，不如替老師投資自己的公司，絕對穩賺不賠的。三年後，公司股票的價值竟然飆漲了好幾十倍。

志鴻興奮的寫了一封感謝的信，準備匯出五千萬價值的股票給冷老師。好友知道這件事後極力反對：「志鴻啊，你何必這樣老實呢？連本帶利還五百萬已經很足夠了，何況你在美國也需要置產，你的家鄉也要重建啊！」

志鴻說：「冷老師的恩惠怎能用金錢衡量？那是無價的！何況，我之所以能在公司投資，也都是因爲冷老師的慷慨解囊啊！至於置產和重建，我覺得吉人自有天相，不必太強求。」

「唉！我服了你了，你一點兒都不貪心，冷老師眞的沒看錯你這好學生！」

用神通知道志鴻心意的冷謙很高興，因爲他隨機取樣的「人心測試」順利過關。從地球看見了象徵「神通遊戲學院」教育精神的天蠍之心，他總算可以愉快的回星星世界向院長交差了。

給小朋友的貼心話

「天蠍之火」給了志鴻什麼啓示？志鴻爲什麼不聽朋友的話，還是要將鉅款匯給冷老師？

小朋友，自助而後天助，因爲志鴻懂得努力向上，以及發心奉獻，所以才能獲得許多善心的幫助啊！

神通遊戲學院的吉祥動物

明年適逢神通遊戲學院萬年校慶，學院師生票選「萬世校慶吉祥動物」；結果，福爾摩沙的小羌以最高票當選。原來，牠還是台灣原住民祖先的取火英雄啊！

當初，原住民還不懂得用火烹煮食物，都是生食，因此常常生病。直到有一天，山雨襲來，雷聲隆隆，獵人們倉皇避雨；突然，一道閃光劃過天空，隨著雷霆萬鈞，一聲巨響，獵人眼前的枯木被擊倒，從折斷處冒出紅紅火光。獵人們好奇的圍過去查看，只見樹枝劈里啪啦的燃燒著。手上提著獵物的一個人，無意中讓肉塊被烤焦了，飄出一陣撲鼻的香味，教人垂涎欲滴；他嘗了一口，不禁高聲歡呼：「好吃耶！好香呵！」

從此，火就成了原住民的神聖寶物，並設置了「聖火台」，由青年們輪流值班守護珍貴的火種。有一天，輪到阿彥時，因爲他生了好幾天病，身體非常虛弱，一時疏忽打起盹來，竟然讓火種熄滅了。阿彥醒來後惶恐哭喊，但已經太遲了。

原住民爲了尋找新的火種四處奔波忙亂。後來，有人發現海上有個火山島，火光熊熊；於是，冒險取火的行動連續展開，部落裡的勇士都划著獨木舟，迎著風浪衝向島嶼。可是，有的一去無返，有的被浪濤沖回，連一馬當先、想將功贖罪的阿彥也失蹤了。

阿彥有一對妹妹，名字叫做春香和秋芬。某個夜晚，她們來到海邊遙望飄渺的島嶼；那島嶼藏身波濤中若隱若現，航行在海上的勇士們怎能看得清楚目標呢？怪不得不是失蹤就是無功而返。

秋芬說：「好可憐的哥哥，他一定是因爲盲目迷航才葬身大海的。」

「看不清目標怎能到達目的地呢？」春香附和著說。

「對！若要不迷失，只有靠天上的星星。」

「妹妹，妳好聰明！天上的星星，不都靜靜的看著我們，並指示著方位嗎！」

星星們在天上眨眨眼表示：「可愛的小女孩啊，妳們說對了！」

她們身邊有隻小羌，乖乖的聽著她們說話。羌是獵人最喜歡的獵物，常常被追得倉皇奔逃，都快被滅種了。這隻小羌被追得無處可逃時，碰到了姊妹倆，情急之下竟然蹦進了她們懷裡。從此，小羌便成了姊妹倆的寵物，被悄悄的藏在

山洞，時常跟著姊妹倆徜徉在森林、海邊，成爲稀有動物中最幸運的一隻。

這隻光亮潔淨的小羌，似乎聽懂了小主人的話。牠朝著浪濤起伏、煙霧迷濛的島嶼蹦跳，也昂首望著夜空閃爍的星光，好像在說：「我要取火去！哪怕風急浪高！」

姊妹倆好像懂得羌的心意，高興的把自己那精美的獨木舟划過來，用藤蔓紮牢，用椰子葉編了舒適的坐墊，然後撿了好多椰子和野果放在船上，更不忘攜帶一把銳利的尖刀。

就在一個滿天星光的夜裡，姊姊坐舟頭，妹妹坐船尾，小羌坐在中間，在星星祝福的眼光注視下悄悄的出發了。

姊妹倆在茫茫大海裡靠著星星的指引，不偏不倚的朝火山島划過去。口渴了，便刺破椰子吸食果汁，餓了就吃野果充飢；洶湧的浪濤好幾次差點兒把獨木舟淹沒，姊妹倆就用椰殼當瓢子把水舀乾。

千辛萬苦，披星戴月，第三天清晨終於划到了岸邊。這才發現，先前來到島上的勇士們，包括大家以為失蹤的阿彥，原來都在這兒望著火山嘆氣呢！因為，那火山口雖然小小的，卻熱得不能靠近，勇士們哪能取得到火種呢？

小羌知道自己發揮快跑速度的機會到了。牠興奮的蹦跳著，姊妹倆還用椰殼的纖維編織了四隻鞋子，浸濕了水讓牠穿上，並且吊了一個挖了洞的椰殼在牠脖子上，讓牠啣著尖刀飛也似的奔向火山口去。沒多久，一陣旋風奔回，小羌果然把火種裝在椰殼裡帶回來了。

取火成功了！

消息傳回部落，人們都擁到海灘歡迎。酋長說：「聖火台又要火光熊熊的燃燒了！春香、秋芬姊妹的大功勞證明了兩性的能力是一樣的！從今以後，我們要男女彼此尊重、相互敬愛！還有，這次取火，小羌更是重要角色，表示所有動物都有不可忽視的價值；所以，我們應該將『尊重一切生命』當做我們共同的信念！」

天上的星星們看著小羌取火的行動，都讚嘆說：「牠那不怕艱難的精神，多麼勇敢啊！爲人類造福的心是多麼仁慈，取火的動作又是多麼靈巧，眞是智仁勇三達德兼備的吉祥動物啊！」於是，星星世界神通遊戲學院的萬世校慶運動會場上，就飄起了印著「小羌取火」圖案的無數旗幟，構成壯觀的旗海。

給小朋友的貼心話

傳說中，原住民什麼時候開始使用火？小羌如何成爲取火英雄？星星世界爲何選小羌做爲吉祥動物？

小朋友，我們跟其他動物一起生活在地球上，所有動物對於地球都有所貢獻，人類應該避免傷害牠們，讓動物們自在的生活吧！

花神傳奇

人類目前努力的向太空發展，除了尋找適合生物生存的行星之外，也積極研究如何將荒蕪的星球改變成舒適的綠洲。

「崔氏網室園圃」就是這項尖端科技的最大成果；這種特殊的園圃，是由生物科技專家崔得勝博士精心設計的。

關於博士的身世，大家都知道他是唐朝天寶年間的名人崔元微的後代。他們世世代代都喜歡花，跟花神們有深厚的感情。以崔元微來說，有一段跟花神邂逅的感人故事——

有一次，崔元微遊山玩水歸來，到家時已是夜幕低垂。當晚春風習習、皓月皎潔、星光閃耀，元微有些累了，就坐在小屋裡靜靜的閉目養神。

午夜時分，就在他半夢半醒之間，突然有個青衣少女敲門後走了進來，她後面還跟著十多個穿著各色各樣衣服的女孩。青衣少女爲崔元微一一介紹，她們分別是：楊小姐、李小姐、陶小姐……最後穿著紅衣的女孩是石小姐。

原來，石小姐不小心得罪了一位很不好惹的封奶奶，害怕封奶奶一生氣便懲罰她們所有人，所以她們才求助於愛花的崔元微。

崔元微知道了前因後果，便依她們所指示的，在一面紅旗上畫了金黃色的星星、月亮、太陽，豎立在庭院東邊的角落。這一招果然有用，使院子裡的花兒們都躲過了一場暴風的摧殘。花兒們爲

了答謝，努力的開花結果，獻給崔元微甜美的桃子、李子、石榴等，讓他健康長壽。

崔得勝博士特別喜愛「拈花惹草」，原來是從祖先留下來的遺傳啊！他是植物學底子非常深厚的生技學者，擅長跟植物的精靈溝通。

有一天，崔博士擺設了豐盛的美食，邀請花園裡可愛的小花神們參加筵席。滿桌香噴噴的有機佳餚，都是博士精心研發出來的生技滋養品，可以使花神們容光煥發、精神奕奕，肌膚晶瑩剔透。

博士說：「可愛的花神朋友們，有個消息要提早告訴你們：不久的將來，我要帶著你們搭上『魯氏超光速太空船』，到『沒沒行星』定居呢！那兒沒有氧氣也沒有水，當然也沒有生物，只有恆星的光及廣大的沙漠。」

「那樣的地方，博士爲什麼要帶我們去？」

「問得好！因爲人類要在『沒沒行星』設置第一個太空站，作爲繼續往浩瀚的宇宙探索的據點啊！從地點上來說，除了沒沒行星，我們再也找不到更適合的星球了。」

「爲什麼要帶我們去呢？」

「小花神們，你們的任務十分重要啊！在那裡，我們需要妳們日夜生產氧氣，早晚還要吸取薄霧裡的水氣，創造生物可以生存的環境呢！」

花神們聽了又驚又喜，李小姐還是擔心的問：「我們這樣的嬌嫩，適應得了沒沒星的荒漠嗎？」

「放心，有我創造的『崔氏太空網室』，一定可以讓妳們住得很舒服。網室裡有空調、水調，還有擺在你們面前請你們試吃的『崔氏美食』；當妳們適應了那兒

的生活，就可以發揮生產氧氣的本領，更可以吸取水氣，達成綠化行星的功能了。」

『好極了！博士，我們相信你！』

數個月後，由古代著名工匠魯班的後代、太空船研發專家魯思所精心設計的「超光速太空船花神號」，載著由崔博士率領的「沒沒星農耕隊」到達了目的地。

一年又一年，沒沒行星的崔氏網室園圃一座座的增加，花神、樹神及草仙子們，在崔博士團隊的照護中，過得健康快樂；網室裡有了空氣也有了水分，洋溢著蓬勃生機。原來擔心怎樣過活的花神們，都高興的建議說：「博士啊！這裡

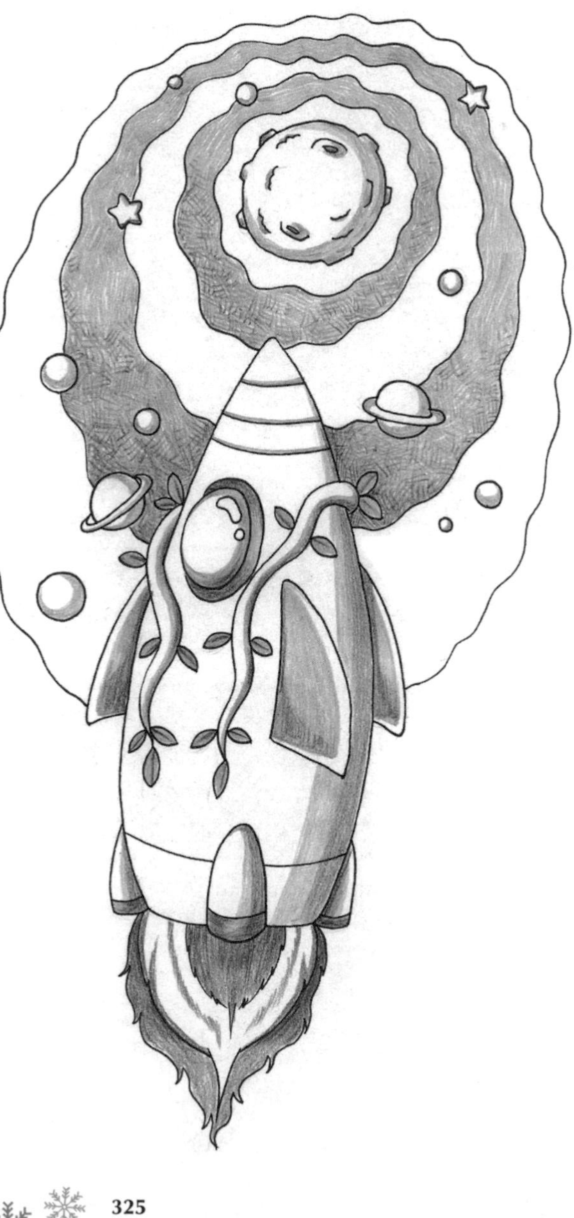

不再什麼都沒有，應該改名爲「有有星」了！」

「是啊！這麼多『有』當中，最重要的是『有希望』。我們盼望的『娜亞號太空船』已經從地球出發了，載運而來的是許多最健康的動物，我們就快要有好夥伴了！」

「娜亞號裡有沒有我們最喜歡的蝴蝶和小鳥兒？」

「當然有啊！」

「萬歲！」小花神們連聲歡呼。

石榴仙子拿來一塊白布，染成紅色，在上面畫了燦爛的金黃色太陽、皎潔的銀白色月亮、及閃耀的繁星，恭敬的獻給崔博士，祝賀「崔氏太空園圃」試驗成功，寫下了人類科學史及太空史上值得紀念的一頁。

給小朋友的貼心話

崔博士爲什麼要帶著花神們前往太空？花神們有什麼任務呢？

小朋友，無盡的太空是人類積極探索的目標；日後，說不定可以太空旅行甚至移民其他星球呢！你若是有興趣又肯努力研究，或許就能成爲未來星際旅遊的先鋒呵！

星星不再驕傲了

很久很久以前，太陽、月亮、星星，都一起在天空發出光亮，使大地一片光明，綠意盎然，花團錦簇，蝴蝶、蜻蜓花間飛舞，鳥兒枝間囀啼，走獸在原野上奔馳嬉戲。生物們都懷著感謝的心情，抬頭望著天空，讚美太陽、月亮、星星。

有一天，星星們驕傲的說：「這個天地之所以這麼美麗、這麼洋溢生機活力，都是我們星星們的功勞！你看，滿

天星星閃爍，照得大地每個角落都充滿光明，而且那麼柔和與神祕。」

月亮聽了很不服氣，帶著輕蔑的口吻說：「嘿！你們星星只是靠數量多，哪有什麼光啊？看我吧，一個月亮就贏過你們千千萬萬，甚至贏過每天只會傻笑的太陽。」

太陽聽了，仍然默默的傻笑，躲在一朵烏雲背後。倒是星星受不了侮辱，跳著腳、眨著眼，氣呼呼的說：「喂！月亮啊！你再了不起，也是單獨一個。你看，我們家族布滿整個天空，照遍天涯海角，難道不比你厲害！」

月亮眞的生氣了！起初氣得臉扁扁的，然後臉紅脖子粗，使出全身力氣，雙頰逐漸膨脹，放出更亮的光，愈來愈圓，愈來愈亮，果然把周圍的星星照得黯然失色。

「嘿嘿！你看，我多光亮，連傻傻的太陽都怕我，躲得遠遠的，連影子都不見了。」月亮驕傲的說。

這時候，太陽才從烏雲裡露出臉來說：「其實，我們不必為了爭辯誰的光比較亮而傷和氣了；大地上的人們和動植物，有時需要強烈的光，有時需要柔和的光，有時則要靜謐的燦爛。我們還是分工合作，給大地多采多姿的景色吧！」

月亮和星星聽了，覺得很有道理。於是，星星不再驕傲，客氣的分散在掛著黑幕的天空，像寶石般的閃耀著。月亮呢？更客氣了，總是散發著柔和的銀光，給大地一片安詳的氣氛。至於太陽，則是給大地活潑的、鼓舞生命的強光。

不再驕傲的星星忽然發現，彼此尊重是多麼的溫馨快樂。從此以後，天空一片和諧，星星們更把向地上傳遞互愛共生的信息，作爲他們的使命。

給小朋友的貼心話

這篇故事是泰雅族的神話。在我們的生活中，太陽、月亮、星星對你各有什麼意義呢？

小朋友，就像日、月、星各有其用，每個人也都有自己獨特的模樣及對社會的貢獻，不必自以爲了不起的瞧不起他人，當然更不用因爲覺得比不上別人而自卑嘍！

國家圖書館出版品預行編目資料

小精靈的世界／傅林統；鬍子奶爸／插畫
一初版.一臺北市：慈濟傳播文化志業基金會.2007.10〔民96〕336面；15X21公分

ISBN 978-986-83321-5-7 (平裝)

859.6 96020012

故事HOME 11

小精靈的世界

創 辦 者	釋證嚴
發 行 者	王端正
作　　者	傅林統
插畫作者	鬍子奶爸
出 版 者	慈濟傳播人文志業基金會
	11259台北市北投區立德路2號
客服專線	02-28989898
傳真專線	02-28989993
郵政劃撥	19924552　經典雜誌
責任編輯	賴志銘、高琦懿
美術設計	尚璟設計整合行銷有限公司
印 製 者	禹利電子分色有限公司
經 銷 商	聯合發行股份有限公司
	台北縣新店市寶橋路235巷6弄6號2樓
電　　話	02-29178022
傳　　真	02-29156275
出 版 日	2007年11月初版1刷
	2011年10月初版8刷
建議售價	200元